ALEXANDRA
GILBERT

GOURGANES

STANKÉ
Une société de Québecor Média

Catalogage avant publication de Bibliothèque et Archives nationales du Québec et Bibliothèque et Archives Canada

Gilbert, Alexandra, 1975-
Gourganes
ISBN 978-2-7604-1249-1
I. Titre.

PS8613.I385G68 2017 C843'.6 C2017-941095-4
PS9613.I385G68 2017

Édition : Miléna Stojanac
Révision et correction : Marie Pigeon Labrecque
Couverture : Axel Pérez de León
Mise en pages : Julie Campeau
Photo de l'auteure : Michel Paquet

Cet ouvrage est une œuvre de fiction ; toute ressemblance avec des personnes ou des faits réels n'est que pure coïncidence.

Remerciements
Nous remercions le Conseil des Arts du Canada et la Société de développement des entreprises culturelles du Québec (SODEC) du soutien accordé à notre programme de publication.
Gouvernement du Québec – Programme de crédit d'impôt pour l'édition de livres – gestion SODEC.

Financé par le gouvernement du Canada | Canada

Les Éditions internationales Alain Stanké
Groupe Librex inc.
Une société de Québecor Média
La Tourelle
1055, boul. René-Lévesque Est
Bureau 300
Montréal (Québec) H2L 4S5
Tél. : 514 849-5259
Téléc. : 514 849-1388
www.edstanke.com

Dépôt légal – Bibliothèque et Archives nationales du Québec et Bibliothèque et Archives Canada, 2017

ISBN : 978-2-7604-1249-1

Distribution au Canada
Messageries ADP inc.
2315, rue de la Province
Longueuil (Québec) J4G 1G4
Tél. : 450 640-1234
Sans frais : 1 800 771-3022
www.messageries-adp.com

Diffusion hors Canada
Interforum
Immeuble Paryseine
3, allée de la Seine
F-94854 Ivry-sur-Seine Cedex
Tél. : 33 (0)1 49 59 10 10
www.interforum.fr

À maman, celle dans la vraie vie.

« Nous avons surtout besoin de vivre et de croire à ce qui nous fait vivre et que quelque chose nous fait vivre. »

Antonin Artaud, *Le Théâtre et son double*

PREMIÈRE PARTIE

*

À l'annonce de notre atterrissage imminent à l'aéroport international de Kaboul, je ferme les yeux, j'esquisse un sourire et je prends une grande respiration.

Je pense à toi. Toi maman, t'aurais voulu que je parte jamais.

Imagine, c'est à Kaboul maintenant que je suis.

Les femmes étrangères sortent toutes leur hijab de leur bagage de cabine. Je fais de même.

Mes yeux sont grands ouverts. Près de la ceinture à bagages, c'est à la bonne franquette, c'est à qui mettrait mes valises sur son chariot, les cellulaires sonnent tous de sonneries différentes, on sent pas qu'on peut se prendre une bombe par la tête. Il y a bien des gens armés, mais depuis le 11-Septembre, faut pas s'en étonner.

Ce qui me frappe, c'est qu'on voit pas la guerre. Tout ce que j'ai lu, les reportages à la télé que j'ai regardés, l'image que je me suis construite… Ils sont où, les tireurs embusqués, les barbus enturbannés armés de lance-roquettes, la frénésie de la peur, cette vitesse avec laquelle on prend des bagages pour déguerpir, pour fuir le danger qui menace ?

Est-ce que j'ai fait une erreur ?

Le Chauffeur m'accueille à l'extérieur du terminal. Je prends place, mon statut de femme oblige, sur le siège arrière de la Toyota Corolla grise. Avec mon hijab et mon veston ample noir recouvrant ma poitrine et mes fesses, laissant un minimum d'imagination quant à l'aspect réel de mon corps.

Il fait un temps superbe. Quand le temps est superbe, à Kaboul, il y a beaucoup de ciel et il est très bleu. Sur la route achalandée entre l'aéroport et le quartier populaire où est situé mon hôtel, la Toyota Corolla traverse un quartier étrange où se trouvent plusieurs salles de mariage. Le Chauffeur raconte qu'elles sont illuminées la nuit avec des néons verts, roses et bleus. Si je m'attendais à ça, les gens qui font la fête, à Kaboul ! Le Chauffeur prend sur sa gauche et on quitte la route asphaltée, le glamour et le trafic de voitures, de motos, de chars d'assaut, de vélos et d'ânes.

La voiture s'immobilise devant un poste de garde, dans la rue en terre battue. Des Afghans lourdement armés passent un miroir sous le véhicule et échangent quelques mots en dari avec le Chauffeur. Puis, ils font ouvrir la porte coulissante qui cache mon hôtel. J'ai tout juste le temps d'apercevoir des tireurs, dans une guérite surélevée offrant une vue plongeante sur la rue et ses passants. La voiture s'engage avant d'être stoppée de nouveau dans un sas.

Les gardes armés ordonnent l'ouverture du coffre arrière de la voiture, puis de la boîte à gants. On me demande mon passeport, la kalachnikov bien en vue. Des hélicoptères volent en rase-mottes.

Je souris. Il est là, le conflit.

Le monde est exactement comme tu me l'as toujours décrit, maman.

Enfin.

Je suis rassurée.

Je ne me suis pas trompée.

*

Tu te souviens de la première fois que j'ai annoncé que je voulais te quitter ?

J'étais encore une petite fille.

On marchait toutes les deux sur le Boulevard. Tu tenais ma petite main dans ta main beaucoup plus grande. Devant le Manoir, on a pris à gauche, puis la première rue à droite. La rue qui descend jusqu'au moulin, qui se courbe, qui se déroule, puis qui monte. Tout en haut de la côte, j'ai tourné ma tête sur la droite, en m'étirant le cou.

Je savais que quand on verrait l'Église on serait arrivées chez Mère Grand. Alors je t'ai fait ma demande :

— Je veux aller au camp de vacances cet été maman.

Et j'ai attendu ta réponse, en t'observant, ma petite main toujours dans ta plus grande main. Tu m'avais regardée très sérieusement, dévisagée même :

— Veux-tu me dire à quoi tu penses ? Si tu me reparles de ça, c'est Kadhafi qui va venir te chercher.

J'étais pas certaine de bien comprendre.

GOURGANES

Les cloches ont sonné au moment où Mère Grand ouvrait la porte du HLM. Elle nous a poussées à l'intérieur.

— En tout cas Grrrace Kelly, a l'a don ben des belles toilettes, pis la petite Sté-pha-nie, je te le dis, le portrait de son père Rainier, si t'avais vu sa robe, ç'a du goût ce monde-là, bien mise, en tout cas...

Nous, on la suivait dans le corridor, dans un silence lourd. Mère Grand s'est arrêtée de parler pour nous faire entrer dans son logement. Le Tonton Anarchiste était déjà installé bien confortablement dans un La-Z-Boy.

Je me suis assise sur le sofa le plus près possible de lui, ma Mère, toujours silencieuse, à côté de moi. Mère Grand a mis une bouteille d'Orange Crush dans mes mains tout en continuant à discourir toute seule sur les gens de Monaco.

Le Tonton Anarchiste brandissait un *Paris Match* au-dessus de sa tête.

— Kadhafi ! Le Guide de la Révolution !

— Regarde-le don faire son fin finaud, dire que ça sort tout droit d'une tente dans le désert et ça prend la tête d'un pays avec l'armée à ses pieds. Moi je crois pas à ça. Y nous disent pas toute.

Mère Grand et le Tonton Anarchiste, ils rigolaient bien fort sur le Guide de la Révolution. Je me représentais Kadhafi, les cheveux de jais, le regard perspicace et envoûtant, l'habit coloré, me tendant les bras, auréolé de petites lumières, comme quand c'est Noël. Ça devait être ça, un Guide de la Révolution.

La conversation a tourné vers la politique. Ça parlait de la guerre civile au Liban. Mère Grand hochait la tête en répétant *ça va don ben mal dans l'monde*. Ça repartait sur le shah d'Iran, qui avait quitté le pays à cause des ayatollahs.

Mais je n'écoutais plus. J'avais saisi le *Paris Match*. Je n'avais même pas envie d'aller jouer aux poches dans la salle communautaire du HLM. L'heure était grave. Je voulais en apprendre plus sur cet homme qui pouvait venir m'enlever à tout moment de ma Maison, du Village, de ma Mère.

Je l'ai vu.

Il avait l'habit vert bien gradé, Monsieur Kadhafi.

Je comprenais que, Monsieur Kadhafi, il vivait dans un pays plein de sable et ça, on en avait pas au Village, du sable. C'était visiblement un homme important : il serrait la main de plein de gens, surtout des hommes en habits verts, un peu comme lui, parfois à la peau plus pâle ou un peu plus foncée. Saloperie de bonhomme, il avait un air de famille, il était frisé. Je savais pas si c'étaient ses cheveux naturels, au Kadhafi.

Cet homme connaissait mon Village.

J'en avais l'intime conviction.

J'ai terminé ma bonne Orange Crush et on est reparties.

— Dis maman, est-ce que le Kadhafi, il porte des bigoudis la nuit ?

Je me disais que la nuit, pour friser, c'était plus discret. Surtout si les bigoudis étaient roses, comme sur les tablettes dans les magasins. J'imaginais que le cheveu, il se mettait à dormir en petite boule, et tout douillet et tout au chaud sur son bigoudi, il faisait la spirale, de plaisir, tout simplement.

— Tu lui demanderas toi-même, à Kadhafi.

J'ai des souvenirs de nuit mouvementée, de nuit de veille, de nuit d'alerte perpétuelle. Une nuit de petite fille qui se cache sous sa douillette blanche à fleurs jaunes en serrant son lapin rose.

Dehors, il y avait des hélicoptères. C'était la crue des eaux et la Rivière débordait. Mais ça, je pouvais pas le savoir. Qui d'autre que Kadhafi pouvait bien survoler la Rivière du Village en pleine nuit ?

Je sais que j'ai pleuré de vouloir aller au camp.

De vouloir partir.

De peur de devoir partir de force avec Kadhafi.

Que tu viennes me réveiller maman, que tu me fasses enfiler mes collants, ma jupe bleu marine, ma veste de laine rouge. Que tu me prennes fermement par la main pour me faire descendre l'escalier en bois, trop étroit pour que nous soyons côte à côte. Que mes pas fassent craquer le plancher aux planches larges. Que devant la porte, tu me donnes ma boîte à lunch de Raggedy Ann avec un thermos plein de raviolis à la viande du Chef Boyardee, un jus Oasis et un fromage Babybel. Que tu places sur ma tête mon béret rouge, celui qui allait retenir mes boucles du souffle de l'hélicoptère, et que tu me pousses à l'extérieur de la Maison.

Je le voyais, LUI, le Guide de la Révolution, Monsieur Kadhafi, me tendre la main et regarder ma Mère avec complicité. Il me prenait dans ses bras et me hissait dans son hélicoptère.

Où était Papa ?

Je te voyais, en jaquette dans la fenêtre de la cuisine, en bas, me saluer de la main alors que je quittais la Maison dans l'hélicoptère du Kadhafi.

Pourtant, le lendemain matin, j'étais toujours dans mon lit, dans ma chambre jaune soleil.

Au petit-déjeuner, à la cuisine, je te voyais t'asseoir à la table, puis te lever. Tu allais regarder par la fenêtre, puis tu te rasseyais. J'ai compris que quelque chose avait changé.

Le Village s'était métamorphosé.

Il était devenu dangereux, rempli de graines de terroristes, de tireurs embusqués et d'extrémistes qui plaçaient des bombes artisanales le long du Boulevard.

Tu savais maman qu'un jour je pourrais me soustraire à toi.

Que j'allais un jour pouvoir t'échapper.

Et tu allais utiliser tout ce que le monde pouvait receler de menaces potentielles pour me retenir le plus longtemps possible.

*

Je me réveille avec l'appel à la prière émanant du minaret.

Désorientée.

Décalée.

Je veux prendre une douche.

Il n'y a pas d'eau chaude.

Ma valise est ouverte dans une chambre exiguë.

J'ouvre la télé. Je regarde BBC World News.

J'attends qu'il soit l'heure de pouvoir aller prendre le petit-déjeuner.

Je sors sur le balcon. Les chambres de l'hôtel sont disposées autour d'une cour intérieure. De la galerie, je regarde les gardes de sécurité, à la guérite, qui rigolent, la kalachnikov au repos.

Je suis arrivée. Une première étape est franchie.

Le Tonton Anarchiste, il organisait chez lui une fois par mois des soirées LSD, sur le modèle de celles qui se tenaient au Mexique, relatées dans *Mémoires acides*, de Timothy Leary. J'y avais croisé une jeune amie européenne du Tonton, reconvertie en femme d'affaires, qui avait mis les pieds en Afghanistan dès le lendemain de l'intervention internationale. Avec sa boîte de communication, elle profitait désormais de la manne de la reconstruction du pays.

Le Tonton, il avait besoin de quelqu'un pour l'ambiance musicale, pour s'assurer que l'atmosphère était enveloppante, propice à l'exploration sensorielle que permettaient les drogues, à l'ouverture de ces portes de la perception. Mon rôle était de secourir les voyageurs qui s'étaient égarés, d'intervenir dans les cas où l'un d'eux emprunterait le mauvais chemin. Je rencontrais plein de monde, des gens qui lisaient les auteurs de la *Beat Generation*, toutes sortes de personnes qui avaient déjà de la route dans le corps, qui goûtaient à l'ailleurs.

— *Je me souviens très bien de toi. Tu étais si tranquille, mais très très charmante et gentille ! Tu te souviens lorsque je m'étais égarée ? Tu m'as sauvée ma chérie, je le sais. Maintenant, je fais quelque chose pour toi.*

C'est elle qui m'avait embauchée, via Skype, à partir de sa maison afghane.

— *Tu vas habiter à l'hôtel quelques jours et tu viens par la suite avec nous, c'est la maison de l'agence. Tu auras trois colocataires qui seront également tes collègues de travail. Le reste de l'équipe au bureau est afghan. On te fera écrire des rapports, des articles pour notre site internet, des demandes de subvention. D'accord chérie.*

J'attends donc.

Sur la chaise du jardin.

Dans le périmètre de la cour intérieure.

Pour des raisons de sécurité, je ne peux pas quitter l'enceinte de l'hôtel.

Pas seule. Pas à pied.

Te serais-tu réjouie maman de savoir que j'allais désormais être enfermée ?

Je repense à l'annonce de ce grand départ. J'avais donné rendez-vous au Tonton Anarchiste en face du Manoir. On avait marché ensemble jusque chez Mère Grand.

— Salut Tonton.

— Anarchie !

— Écoute, je voulais juste te dire que je pars pour l'Afghanistan. À Kaboul quand même là, pas à Kandahar.

Le Tonton Anarchiste, il a ajusté ses lunettes épaisses, comme pour prendre une petite pause pour digérer ma nouvelle.

— Ah.

— Je voulais te le dire à toi en premier, parce que, enfin, tu sais, maman…

— Le haschisch afghan ! L'ancienne route des hippies ! C'est comment, Kaboul ?

— Bah, c'est une vraie ville, avec des boutiques, pis toute.

— Qu'est-ce que ça mange, un seigneur de guerre qui vit en toute impunité, à Kaboul ?

— Ç'a l'air d'être pas mal comme au resto afghan su'a Grande Allée.

— Et ta génitrice, là-dedans, celle qui t'a mise au monde et nourrie au biberon, qui a lavé tes couches en coton, elle doit trépigner de joie ?

— Ben… Justement, je me disais, comme on est tous là aujourd'hui…

Je souriais.

La totale. L'Afghanistan.

La destination idéale pour te faire capoter. J'aurais pas pu rêver d'un scénario aussi parfait.

On allait pas venir m'enlever à toi. Non, j'allais moi-même m'enlever de toi.

Je me frottais les mains ensemble dans ma tête avec un sourire mesquin.

Ce qu'on allait se marrer.

Kadhafi pouvait aller se rhabiller d'un boubou coloré, c'était de la p'tite bière. Désormais, ce seraient les hommes du mollah Omar qui pourraient venir me chercher.

Là, on jasait.

— Je vais te déshériter, t'auras rien, compte pas sur moi.

— C'est de ta faute tout ça.

— Qu'est-ce que j'ai fait pour avoir une fille de même, je peux pas croire que tu sois sortie de mon ventre. Ils ont dû se tromper à la pouponnière.

— Tu devais être tellement insupportable, t'avais-peur-que-le-médecin-ne-se-soit-pas-lavé-les-mains-après-avoir-été-pisser-que-les-infirmières-latinos-fassent-partie-d'un-cartel-de-drogue-que-la-femme-de-la-chambre-d'à-côté-m'étouffe-avec-un-oreiller-pendant-ton-sommeil-parce-que-tu-lui-avais-crié-d'aller-prier-ailleurs-c'est-certain-que-le-potentiel-de-vengeance-était-élevé-et-que-quelqu'un-allait-te-faire-quelque-chose !

Ça gesticulait fort, en marchant vers la salle communautaire du HLM.

Le Tonton Anarchiste, lui il était content. Toi, tu larmoyais, impuissante devant l'égoïsme de ta grande fille qui s'en allait dans un pays obscur, trop loin. Le Tonton Anarchiste, il t'a bien replacée :

— Mais quoi, tu préférerais peut-être qu'elle soit vendeuse d'assurances, ta fille ?

Non pas que de famille nous ayons quoi que ce soit contre les vendeurs d'assurances, non, seulement, de quoi t'aurais bien pu te plaindre si tel avait été le cas ? Vendre des assurances, c'est en soi une police d'assurance contre les vicissitudes de la vie, non ?

Cela aurait été d'un manque total de tragique.

Et le tragique, ça maman tu aimais bien.

Probablement que pour la seule fois de ta vie tu allais avoir une véritable raison de t'inquiéter à mon sujet. Tu allais développer-dans-ta-tête-toute-seule-comme-une-grande des tas de scénarios catastrophes, pour une fois tout aussi plausibles les uns que les autres.

Cette destination allait me permettre de te faire paniquer. Ça me réjouissait secrètement.

Un conflit armé, un vrai, entre nous deux.

Le rêve.

J'allais enfin réussir.

À aller le plus loin possible de toi maman.

*

Lorsque j'étais petite, je vivais dans un monde aux limites bien définies. Mon monde s'arrêtait avec la fin de notre terrain, mon monde s'arrêtait avec toi.

C'est vrai qu'on était bien, toutes les deux, à la Maison. Avec Papa, on était trois, mais tu m'aimais tellement plus que tu pouvais l'aimer lui. Et moi, je voulais pas encore que tu t'occupes plus de lui que de moi.

Tu t'assurais que je manquais de rien. Probable que ça allait m'inciter à rester à la Maison. Que le monde allait manquer d'intérêt pour moi.

Peut-être que tu avais un plan pour me retenir près de toi ?

On habitait une Maison qui était très vieille. Quand on avait emménagé, elle était vraiment mal foutue, la Maison. On enlevait des couches et des couches de tapisserie, qui tenaient avec des punaises, jusqu'à ce qu'on arrive aux caissons. On retirait le prélart qui cachait les belles planches larges. On découvrait des meubles encastrés en retirant des divisions. On changeait des murs de place. Ça bardassait pas mal là-dedans. Un poêle Bélanger réchauffait l'ancienne cuisine d'été mal isolée qui était froide en hiver. Des bûches de bois crépitaient dans l'âtre au salon. La Maison, elle était devenue chaleureuse, ça sentait bon le bois et ça craquait de partout. Quand on empruntait l'escalier de la salle à manger dans laquelle trônait une grande table, on arrivait face à face avec une bibliothèque bien remplie. Ma chambre était juste à côté.

Ce que je préférais à la Maison, c'était de faire le jardin. Je travaillais fort avec Papa. On le divisait en plusieurs carrés, séparés par des allées. À mesure que l'été avançait, le jardin devenait de plus en plus intéressant pour moi parce que, comme j'étais petite, les plants étaient plus grands que moi et je m'imaginais dans un autre monde – sa luxuriance promettait de belles découvertes, je voulais explorer tout ce qu'il avait à offrir entre les coccinelles, les mulots et les papillons.

Et surtout, il y avait des gourganes.

Je regardais les plants de gourganes en leur disant *gour-ga-ne, gour-ga-ne.*

J'adorais prononcer ce mot. Je me penchais un peu plus, me plaçant tout juste au-dessus du plant pour qu'il m'entende très clairement, et je murmurais *gour-ga-ne*, *gour-ga-ne.*

Je me déplaçais légèrement, m'agenouillant dans la terre, et je me contorsionnais de manière à être sous la cosse de la gourgane la plus basse du plant et, en m'assurant que ma bouche était bien alignée sous celle-ci, je répétais encore *gour-ga-ne*, *gour-ga-ne*. Le rituel était accompli. Je pouvais toucher à la gourgane. J'aimais regarder la cosse des gourganes, elle était épaisse, et surtout, légèrement velue. La gourgane était plus dodue que le haricot et en plus, après la récolte de fin d'été, on en entendait plus parler, comme si elle existait seulement une fois par année. Le haricot, on le retrouvait en conserve, le maïs également, le piment on le voyait au supermarché, la patate aussi.

La gourgane ?

Ça non, jamais.

La gourgane te rendait heureuse maman. Tu tenais une recette de soupe aux gourganes de Mère Grand, c'est avec fierté que tu clamais que la soupe aux gourganes avait contribué à la survie de tes ancêtres et que, dans la famille, on devait perpétuer la tradition de la soupe de fin d'été. La préparation de la soupe aux gourganes avec Mère Grand était ton plus beau souvenir d'enfance, ton plus beau moment dans l'année. Il y avait un rituel autour de sa préparation, d'abord tu faisais un bouillon de bœuf à la moelle. Ensuite, il fallait faire tremper l'orge toute la nuit. Tu m'appelais toujours pour écosser la gourgane, une activité que j'aimais beaucoup. *Gour-ga-ne, gour-ga-ne*, que je répétais. *Gour-ga-ne, gour-ga-ne*. Ce qui, bien entendu, t'exaspérait après quelque temps. C'était un festin, la soupe aux gourganes, on avait besoin de rien d'autre.

Une fois que la gourgane avait fait son boulot de gourgane, c'est-à-dire nous sustenter, elle disparaissait tout simplement. Comme dans « trois petites gourganes et puis s'en vont ».

Gour-ga-ne, gour-ga-ne.

*

J'étais contente quand on sortait de la Maison.

Tu étais ma garde rapprochée.

Pendant des années, on allait marcher toutes les deux pour la visite dominicale chez Mère Grand.

— C'est qui Lady Di ?

— On arrive là, tu demanderas à Mère Grand, c'est elle qui connaît ça.

Mère Grand nous attendait dans la balançoire du HLM. On se berçait pendant que le Tonton Anarchiste faisait la conversation de son côté et Mère Grand du sien. Moi j'écoutais toujours, je comprenais pas tout. Toi, tu parlais parfois, sinon tu feuilletais des revues. Quand les Tontons Macoutes sont entrés dans la discussion, j'ai pensé qu'on avait affaire à du monde pas commode.

— Baby Doc, l'ère de la dictature se poursuit…

— Lady Di en tout cas quand a l'a marié le prince Char-les…

— La misère, la tyrannie qui gouverne le peuple haïtien…

— Eh qu'était don belle. Une Spen-cer, oui, madame, a l'avait une excellente réputation.

— La milice paramilitaire, des bachi-bouzouks de premier ordre, de la folie pure de paranoïaque fini, Baby Doc, le fils de Papa Doc…

— Une femme extraordinaire…

— À bas les dictateurs, libérez le peuple, sortez dans les rues, reprenez votre pays !

— Pis les deux p'tits, sont-tu assez beaux. En tout cas, celui qui r'ssemble à sa mère.

Tu semblais satisfaite de notre incursion chez Mère Grand. Pourtant, tu avais gardé le silence pendant une partie du retour vers la Maison. Probable que tu tentais de récupérer la situation.

— Imagine si Kadhafi faisait alliance avec les Tontons Macoutes. Tu penses pas que ça leur traverserait l'esprit de venir chercher une belle petite fille potelée pour la ramener chez eux ? Haïti, c'est pas si loin que ça, on te l'a même montré sur la carte, dans le *Paris Match*. Se faire enlever par des gens désaxés venus de pays qu'on-connaît-même-pas alors que l'on se promène candidement sur le Boulevard, ç'a pas l'air du tout de te venir à l'idée comme possibilité, et pourtant. Y a du monde méchant et malintentionné partout. Oublie jamais : ces gens-là, ça voyage en hélicoptère, ça se déplace facilement, c'est du monde très en moyens, qui ont des armées à part de ça.

*

Tu tissais autour de moi un monde de plus en plus menaçant.

Un monde dont l'équilibre pouvait chavirer d'un moment à l'autre vers le chaos. Avec *du* monde dont on devait se méfier.

— Maman dis-moi, pourquoi je prends pas l'autobus pour aller à l'école ?

Tu m'avais bien observée. Tu paraissais étonnée que je puisse éprouver de l'intérêt pour ce mode de transport. Que je puisse vouloir être en compagnie d'autres enfants. Tes yeux m'avaient semblé grossir sous le poids de ta rage sourde.

— Veux-tu m'expliquer rationnellement à quoi tu penses ? Pas question de prendre l'autobus, les chances que le chauffeur fasse un accident sont très élevés. Le covoiturage ? Pour qu'on te mette la main aux fesses ? Beaucoup trop risqué. Oublie pas que chaque fois que tu sors de la Maison tu augmentes le risque de te faire enlever. Y a des gens au Village qui attendent juste ça, te faire du mal, y sont partout, y se cachent, mais oh, attention, à la première occasion y vont rappliquer. On les reconnaît pas à première vue, non, c'est juste quand y ont commis leur méfait qu'y se trahissent, et toi, toi, avec ton histoire d'autobus scolaire, tu te mets dans le pétrin, tu leur facilites la vie.

Tant que j'étais restée à portée de main, à vue d'œil et à un jet de pierre, ç'a été. Pour toi maman, pour nous deux.

J'étais là pour que tu me protèges.

Tu étais là pour me protéger.

Chaque jour, je partais donc à l'école à pied avec toi.

Ma petite main encore dans ta main beaucoup plus grande.

Je sais pas ce que je faisais en chemin, si on discutait ou pas. Mais je me souviens parfaitement de la courbe du Boulevard, quand on la dépassait, on voyait plus la Maison, mais on voyait l'école, et on voyait plus loin que l'école aussi.

J'avais hâte de marcher toute seule.

Et plus loin que l'école.

*

Avant de quitter la Maison pour *aller courir les antiquités*, tu vérifiais à répétition que les ronds du poêle étaient bien fermés. Tu t'assurais aussi que la porte était bien verrouillée.

En m'installant sur le siège arrière du campeur Volks, tu me demandais, très bas pour pas que Papa l'entende, si je t'avais bien vue fermer la porte à clé. *Tu es certaine, tu me le jures, tu m'as vue ?* Ça me plaisait, moi, de contribuer comme ça aux préparatifs. C'était un privilège.

Et on partait se balader sur la Route-qui-longe-le-Fleuve. C'était beau, la Route-qui-longe-le-Fleuve, moi je regardais tout ça, bien tranquille sur la banquette arrière, serrant dans mes mains mon lapin rose. Je babillais des trucs de petite fille. Il y avait beaucoup de choses à voir. Le paysage était partout, on pouvait le regarder de toutes sortes de façons différentes.

Surtout, être assise dans le Volks à observer le vaste monde, ça me rendait heureuse.

Quand on roulait vers l'est, on dépassait l'aéroport du Village. Pour moi, c'était à cet endroit que le lointain commençait. On voyait des chevaux. La vieille maison en bardeaux gris avec du rose dedans. Le bar des filles sans vêtements et, juste après, la vendeuse de courtepointes, en face d'une jolie vieille maison. Le Fleuve à cet endroit était près de la route. Ça commençait à sentir bon. L'espace devenait très ouvert, on voyait loin. Le Fleuve il devenait moins gêné, il se montrait bien. Je le trouvais beau, le Fleuve, il me semblait qu'il avait des humeurs.

Cinq-Roches-des-Eaux-Nettes. L'Isle-Lette. Le-Petit-Porc-Joli. On arrêtait dans des vieilles maisons. N'importe quelle vieille maison. On débarquait comme ça. On parlait à ceux qui habitaient les vieilles maisons. On demandait s'il y avait quoi que ce soit dont ils voulaient se débarrasser. On était prêts à payer. On ramassait le bois des granges qui allaient être détruites, on avait besoin de refaire des sections du plancher à la Maison, et les belles planches larges, elles allaient être parfaites. Parfois aussi on repartait avec une armoire patrimoniale déstructurée dans laquelle les gens avaient encastré leur laveuse, ou encore avec des chaises qui auraient servi de bois de chauffage sans notre secours. S'il y avait eu un prix décerné par l'association de la chaise antique, c'est nous qui l'aurions eu. Les morceaux de buffet s'entassaient pêle-mêle avec les panneaux à caissons, les chaises Hitchcock et les coffres en pin.

Pendant nos arrêts, moi, je parlais aux gens, je sais pas ce que je racontais, mais paraît que j'avais du bagout.

J'ai compris rapidement qu'il s'agissait d'une raison suffisante pour que tu me tiennes la main en permanence à partir du moment où on sortait du campeur Volks. Et que dire de la menace constante des chiens qui habitaient avec les gens dans les vieilles maisons, ils devaient être enfermés avant de passer au négoce.

— Y sont potentiellement atteints de la rage ces chiens-là.

— Louis Pasteur maman y a découvert un vaccin contre la rage. Je l'ai lu dans mon livre.

— Y viendra certainement pas me dire comment élever ma fille celui-là. Qu'y reste chez lui avec ses idées.

Parfois, on roulait même jusqu'au Village-des-Bourgots. À l'époque, il y en avait pas partout, des bourgots, il y en avait seulement à partir de ce village. Les bourgots, pour moi, ça goûtait le lointain, la grande aventure sur la route, c'était le comble de l'exotisme. Je repoussais les frontières du monde connu.

Quand tu relâchais ta surveillance à mon égard, c'était pour me remettre bien à l'abri sur la banquette arrière.

Alors, tu redevenais calme. Tu baissais la garde. Tu rangeais des armes que je ne voyais pas.

Moi, j'avais été contente de sortir de la Maison.

De quitter le Village.

Je commençais à me questionner : que pouvait-il bien y avoir, après le Village-des-Bourgots ?

Kadhafi, ça c'est certain, il habitait un peu plus loin.

Mais le territoire de Monsieur Kadhafi, il ressemblait à quoi ? Et plus loin encore, à quoi il ressemblait, tout le reste du monde ?

*

J'en avais appris un peu plus sur le monde au-delà du Village-des-Bourgots lors d'une visite chez Mère Grand.

Ce jour-là, ça gesticulait fort dans le La-Z-Boy et la liqueur aux fraises coulait à flots.

Il habitait la grande ville, le Tonton Anarchiste, dans le Vieux-Québec, tout près de l'arbre où logeait un immense boulet de canon. Il connaissait plein de gens intéressants. J'écoutais attentivement le Tonton Anarchiste parler de son entourage. Il s'était pris d'affection pour le réparateur de poêle, Mick Jagger, qui était passé chez lui. Il avait été efficace, ce Mick Jagger, il avait bien réparé l'horloge sur laquelle le Tonton Anarchiste frappait avec un marteau parce que la minuterie, elle s'arrêtait plus et qu'il pouvait plus dormir.

— Oui pour les Stones au Colisée de Québec !

Y a pas à dire, il devait y en avoir de l'électroménager à réparer, parce que le Colisée, il devait être pas mal plus grand que l'aréna du Village. Il enchaînait avec un autre de ses amis :

— Et cet énergumène d'Alfred Jarry, il se pratiquait au tir de carabine dans sa cour arrière et la voisine d'à côté a commencé à avoir peur pour ses enfants. Jarry s'en va lui dire tout bonnement : peu importe, madame, car je vous en ferai d'autres, des enfants !

— Franchement, tais-toi don, dire des affaires de même devant la p'tite. Voudrais-tu une autre liqueur aux fraises ?

J'ai fait non de la tête, je tentais de mémoriser tous ces noms.

— Antonin Artaud, lui, y chassait les esprits en gesticulant dans la rue.

— Tu sais pas de quoi tu parles, arrête un peu.

Mère Grand reprit son souffle et décida de faire diversion.

— Avez-vous écouté l'entrevue de René Lévesque cette semaine ? Il racontait que son mets préféré, c'est la saucisse Hygrade, servie avec de la moutarde jaune. Comme je fais le midi, la saucisse coupée en morceaux cuite dans poêlonne. Ça fait voter des lois et ça mange de la saucisse Hygrade dans un appartement payé avec nos taxes dans le Vieux-Québec.

Le Tonton Anarchiste se tapait sur les cuisses. Mère Grand a poursuivi.

— Mais le pire dans tout ça c'est qu'en plus, ça va aux toilettes pis ça s'essuie comme nous autres ce monde-là. On pense pas à ça quand on le voit faire ses discours sur l'indépendance du Québec.

Le rythme du La-Z-Boy s'accélérait avec la rigolade. René Lévesque, il semblait être un homme important, comme tous les autres, puisqu'il habitait le Vieux-Québec.

Mère Grand, elle faisait bifurquer la conversation pour dire *qu'elle avait don ben été belle, Grrrace Kelly*. Je savais pas qui c'était, celle-là, mais sur une photo du *Paris Match*, je voyais qu'elle portait la couronne de façon remarquable. Probablement qu'elle habitait également le Vieux-Québec, Grrrace Kelly, parce que quand le Bonhomme Carnaval il sortait l'hiver, on en voyait toujours, des femmes avec des couronnes. Lady Di c'était pareil, elle portait un diadème de Québec.

J'avais hâte d'y aller, moi, dans le Vieux-Québec. Je me disais qu'un jour, j'allais rencontrer ces gens en personne dans le salon du Tonton Anarchiste, je leur dirais alors que ça faisait longtemps que j'espérais ce moment.

*

Je décide de ne pas te dire que j'emménage dans une simple maison à Kaboul.

Une maison simple, à Kaboul, c'est une maison modeste, sans gardes armés. J'éprouve dans ce quartier un grand sentiment de normalité. Ma réalité, elle n'est pas différente de celle dont tu m'as bercée pendant toute mon enfance. *Taimani, saraq-e-hasht*: la huitième rue du quartier Taimani. C'est la rue de ma maison à Kaboul.

Des rues en terre du quartier de Taimani bordées de quelques arbres chétifs se dégage le joyeux chaos de la vie quotidienne: les marchands de légumes et de fruits proposent ce que la saison produit et c'est la saison des mangues. Les carcasses d'animaux morts pendent toutes dégoulinantes sur des crochets, recouvertes de mouches, sous 32 °C poisseux, pendant que des chèvres attachées regardent passer le trafic. Il y a beaucoup de boutiques de rideaux.

Devant une porte coulissante peinte en jaune, située derrière un minuscule kiosque-dépanneur, la voiture s'arrête. Derrière les hauts murs qui ceinturent cette maison, comme toutes les autres, d'ailleurs, il y a une cour intérieure. Les arbres fruitiers du jardin donnent des mûres, des amandes, des figues et des pommes. Il y a aussi des rosiers poussiéreux. La maison de ciment à deux étages est sobre. J'ouvre la porte et je me retrouve dans un hall d'entrée sombre, bien que les murs soient peints de couleurs vives. Je distingue, sur le haut d'un mur, une entrée pour connecter un tuyau de poêle à bois. Le Chauffeur me fait signe de le suivre, il porte ma valise et me désigne ma chambre tout en se retirant rapidement. La pièce contient un lit et un bureau en bois. Je redescends examiner la cuisine : elle est minuscule, mais bien fournie. Je tombe sur ma coloc qui rentre.

— On a pris la décision de ne pas avoir de personnel de maison. Pas de cuisinière, pas de femme de ménage… On veut pas que les gens fouillent dans nos chambres, c'est une maison mixte, ça attise la curiosité, c'est inconcevable pour les Afghans que des gens du sexe opposé qui ne sont pas de la même famille vivent sous un même toit. Pour faire les courses au marché local, c'est la norme ici, sécurité oblige, on a des *chowkidars*[1]. Il y a toujours des coupures d'électricité, tu leur cries de partir la génératrice. Ils s'occupent de la maison. Ils font le guet, aussi, c'est eux qui

1. Un *chowkidar* est celui qui fait le guet dans une maison ou dans un bureau. Il vérifie l'identité des visiteurs, ouvre la porte, fait de menues commissions et participe au bon fonctionnement de la maison (bois, électricité, etc.).

décident s'ils ouvrent la porte ou pas. Ils se promènent pas mal dans le quartier et ils discutent avec d'autres *chowkidars* et avec les commerçants : si des inconnus traînent pour faire du repérage, on le saura.

— Que veux-tu dire ?

— On te fera un briefing de sécurité au bureau.

C'est tout. C'est donc ici que je vais vivre.

On prend place sur les *toshaks* disposés sur le plancher du salon, tout autour du tapis afghan, teint selon une technique traditionnelle, avec de la pomme grenade. Mes colocataires posent une nappe blanche sur le tapis puisque les repas se prennent à même le sol. Je suis accueillie avec des pizzas sur du pain *naan*, garnies de feta iranienne, de tomates et de basilic.

En colocation à Kaboul. Avec une Belge, un Irano-Britannique et un Hollandais qui mangent la nourriture avec les mains.

Tu sauras jamais comment je vis ici.

Jusqu'à présent, tout fonctionne comme prévu.

*

Je ne peux pas m'éloigner seule de la maison.

Toi qui as souhaité pendant tellement d'années que je ne quitte pas la Maison sans toi.

Si tu savais, croirais-tu que la vie est en train de te narguer ?

Assise sur la petite terrasse en marbre de notre demeure, je porte attention à toute la vie de mon quartier. Sur les toits des maisons environnantes, des enfants font voler des cerfs-volants de confection modeste, un simple croisement de bois recouvert de plastique. J'entends les voitures accélérer dans la rue en terre battue. Les portes coulissantes qui grincent de devoir laisser passer des véhicules dans les cours intérieures. Les enfants du voisin immédiat crient et chantent, les écolières ricanent. Parfois, on entend les lamentations des femmes qui quêtent, ou la musique stridente et répétitive du marchand de glaces.

Pour diminuer les risques d'attaques ou de kidnappings, il m'est interdit de marcher dans la rue.

D'aller faire mes courses au marché local. De marcher jusqu'au restaurant le plus proche. Jusqu'au bureau.

Pourtant, je ressens une grande liberté à Kaboul. Comme celle que j'avais ressentie lorsque j'étais enfin parvenue à partir au Camp, à ma deuxième tentative.

Après, bien après que je me suis renseignée correctement sur Monsieur Kadhafi.

Je t'ai jamais raconté comment j'ai découvert ton mensonge ?

J'avais attendu que tu quittes le salon de Mère Grand pour aller à la salle de bain. Puis, je m'étais penchée vers le Tonton Anarchiste.

— Dis-moi, pourquoi Kadhafi il aime les enfants ?

— Kadhafi, il aime les femmes, pas les enfants. Il ensemence de temps en temps sa garde personnelle, mais c'est pas son style de donner le biberon, c't'un viol…

— Veux-tu ben faire attention à ce que tu dis devant la p'tite ?

— Kadhafi, s'il voulait, il pourrait venir me chercher en hélicoptère jusqu'à la Maison ?

— Non, c'est trop loin pour un hélicoptère.

— En avion, d'abord, je pense qu'il pourrait laisser son avion à l'aéroport du Village et marcher jusqu'à la Maison…

— Kadhafi, pour l'instant, y en a plein les bras avec les avions, y est pas mal dans l'attentat aérien ces derniers temps, fait que, y se concentre sur comment faire sauter un avion, pas sur quand est-ce qu'y va prendre le prochain vol pour le Village.

— Oui mais, il pourrait avoir des choses à faire, au Village, un moment donné ?

(Tonton Anarchiste, discrètement à Mère Grand, *aide-moi don, là*.)

— Kadhafi, y a fait tellement de mal dans le monde que Lady Di a lui a téléphoné personnellement pour lui dire que si y continuait de même, sa gendarmerie en personne, oui, madame, EN PERSONNE, a commencerait à en avoir après ses avions… Les avions que Kadhafi y prend, c'est-à-dire les avions qu'y pourrait prendre, si jamais y avait l'idée de prendre un avion. Pour faire une histoire courte, Lady Di, a lui a fait peur, à Kadhafi. Y lui a même PROMIS qu'y prendrait pus l'avion pour une secousse. Fait que, asteure, Kadhafi y reste dans son pays, et-le-monde-est-ben-content. Surtout Lady Di. Avec ses enfants, s'y fallait qui leur arrive quel…

— Voilà ! Ce que Mère Grand te dit pas, c'est que Kadhafi, en plus, c'est un bonhomme un peu nerveux, disons qu'y a la dégaine rapide, enfin dans certaines zones du corps, la médication aidant…

— Veux-tu ben prendre conscience à qui tu parles ?

— Justement : y s'est mis à la pleine conscience. Tu sais là, le truc pour le monde un peu anxieux, a-houm, a-houm.

— Mais où c'est que tu t'en vas toi avec ça ?

J'avais tout compris.

Kadhafi c'était un peureux. Il mettrait jamais les pieds ici sans son armée pour le protéger. Il devait s'être renseigné sur ma Mère, il serait pas de taille, Monsieur Kadhafi. Oh non. Il courrait de grands risques, de très, très grands risques, s'il venait seul à la Maison.

Tu étais sortie de la salle de bain.

J'avais pris une grande respiration.

— Maman je veux aller au Camp.

— ...

— Ben oui, la p'tite, c'est le temps qu'a sorte un peu.

— Ça vous amuse de comploter contre moi ? Imaginez un peu les victuailles à cafétéria, les cuisiniers vont tripoter les tomates après s'être trempé les doigts dans des orifices peu recommandables à l'insu des inspecteurs des normes hygiéniques, le sang va gicler de partout quand y vont se couper en tranchant les oignons, fait que qui va se retrouver avec l'hépatite ? Des plans pour qu'elle se fasse immoler par des vacanciers survoltés. On s'entend : c'est des p'tits morveux qu'on envoie au camp, les parents veulent s'en débarrasser, c'est pas pour rien. Les moniteurs vont être chauds, y vont faire des incantations sataniques sur l'air de *Feu, feu, joli feu*, pour l'encourager, le feu, à la brûler plus vite. En plus, est tellement dans lune, a va se perdre pendant la sortie d'hébertisme, les moniteurs vont avoir fumé des joints toute la journée, un enfant de moins, ça va faire leur affaire.

— Franchement, ç'a-tu du bon sens, lui faire peur avec Kadhafi, t'aurais pu au moins lui faire croire au père Noël !

— Le père Noël ? Ça, jamais.

Cet été-là, en voyant la pancarte indiquant le Camp, tu avais pleuré toutes tes larmes de mère. Tu avais pesté contre mon égoïsme, crié que tu m'avais tout donné. Que tu m'avais conduite de cours de piano en cours de gymnastique, de patinage artistique et de ballet jazz, que tu avais pris soin de moi avec des jeux éducatifs à la Maison, que je n'avais pas le droit de te faire ça. Qu'est-ce que tu avais fait pour mériter une fille pareille ?

— Ça y est. J'ai oublié de barrer la porte de la Maison. Est-ce que j'ai bien barré la porte de la Maison ? Dis-moi que tu m'as vue la fermer à clé.

Je t'avais menti maman en t'assurant t'avoir vue glisser la clé dans la serrure.

Ça avait été à mon tour.

C'était la première séparation Mère-fille.

Ça avait été mon premier pied de nez.

Oh tellement moins drôle que le pied de nez du moment, non celui-ci, il a de l'envergure.

*

J'ai complètement sous-estimé ta capacité à imaginer comment je vis.

Ce que je fais.

À quoi le monde autour de moi ressemble.

Les dangers qui me guettent.

Afin de conserver un tant soit peu de contrôle sur ma vie, même à distance, tu dévores les nouvelles. Le *Téléjournal*. Les journaux. Internet. Les médias sociaux. Tu m'écris de longs courriels, qui décrivent tout ce qui se passe en Afghanistan.

Je n'ai pas besoin de lire les journaux : tout est là. Une parfaite revue de presse.

— *Tu dois faire attention si tu vas à Jalalabad. Il paraît qu'à Jalalabad, les talibans ont attaqué des magasins de CD, surtout, ne te promène pas en sifflant. Et fais attention de ne pas parler à des Afghans.*

— *Mais maman, mes collègues sont en majorité afghans.*

— *Quoi ? T'arrêtes pas de dire qu'il y a des étrangers partout, et tu travailles juste avec des Afghans ? C'est épouvantable, pourquoi tu peux jamais faire comme tout le monde, qu'est-ce que j'ai fait pour mériter ça ? Et tes chauffeurs, y sont afghans ? Tu dois absolument t'en méfier, au risque de mal finir, non mais imagine un peu si je suis aux prises avec des barbus fanatiques qui parlent même pas français, qu'est-ce que je vais faire pour te négocier une rançon, on va quand même pas leur donner la Maison, qu'est-ce qu'y viendraient bien foutre au Village ?*

— …

— *Sors pas dans les restaurants pour les étrangers, y sont souvent pris pour cibles, c'est ce qu'y ont dit au* Téléjournal. *Retire seulement ton argent au comptoir de la banque, surtout ne pas changer ton argent au marché noir ou dans la rue.*

— *Mais y a plus de guichets automatiques à Kaboul qu'au Village !*

— *Voyons. Je regarde les nouvelles tous les jours, plusieurs fois par jour, à tous les postes, dans toutes les langues, et sur au moins quatre sites web en plus des alertes que je reçois des médias dans ma boîte courriel. Et jamais, tu m'entends bien, là, avec la connexion ? Je répète : jamais un journaliste a parlé de la moindre trace d'un guichet automatique à Kaboul. On s'entend que des guichets automatiques à Kaboul c'est une nouvelle d'intérêt public. C'est vrai, si on savait qu'y a des guichets automatiques à Kaboul, on verrait pas les choses de la même façon. Voir si le monde aurait besoin de se faire exploser pis nous autres, d'envoyer nos soldats là-bas. Franchement. Je vois très clair dans ton jeu : tu me racontes n'importe quoi.*

*

Je te donne raison sur un point : me garder le plus près de toi m'a préservée de la méchanceté des gens.

Ma coloc s'agite.

— J'ai eu une invitation pour nous deux pour un vins et fromages en début de soirée ! Chez des copines des Nations unies, le Chauffeur va nous conduire.

Nous quittons le bureau avec le Chauffeur. J'observe les vendeurs de légumes et de fruits. Les écolières, avec leurs voiles blancs et leurs livres. Les petites échoppes où acheter du Pepsi et des cigarettes. Les troupeaux de moutons qui broutent dans les dépotoirs qui engorgent certaines rues. Les menuisiers qui travaillent dehors. Les boutiques de tissus.

Le parc Shar-e-Naw est toujours très animé, avec des vendeurs de noix, de paons, de valises, de fruits secs et d'objets électroniques. On y trouve le chariot d'excellents *bolonis*[2] à cinq sous du marchand

2. Sorte de crêpe farcie de légumes.

ambulant et le poulet rôti qui grille dans la rue juste à côté. On file par Butcher Street, l'étroite rue du boucher, avec ses immenses carcasses d'animaux qui pendent sur des crochets. C'est vivant, Kaboul, il y a de la vie partout. Regarder la vie par la fenêtre, c'est en soi fascinant, vraiment fascinant. La vie continue, normalement, juste comme d'habitude.

On sait qu'on arrive dans le quartier de Sherpur, adjacent au quartier diplomatique de Wazir Akbar Khan, quand l'espace devient très militarisé. Les barbelés sont beaucoup plus hauts que dans mon quartier et les murs en épais béton qui protègent les cours intérieures sont eux-mêmes protégés par des sacs de sable. On voit plusieurs gardes armés devant les résidences. Parfois dans de petits postes de surveillance, parfois assis sur une chaise, directement dans la rue. Des rues entières sont gardées pour assurer la sécurité des étrangers et des Afghans importants ou ceux qui ont les moyens de se faire protéger. Il y a beaucoup de véhicules blindés. Beaucoup de fusils, partout, sur les militaires, sur les policiers, sur les gardiens de maisons et sur potentiellement plusieurs autres personnes.

On devine l'opulence des « palais de l'opium » derrière ces hauts murs. C'est comme ça que les expats surnomment ces affreuses demeures kitsch, colorées, démesurées, froides en hiver, dont on dit qu'elles sont construites avec l'argent du commerce de l'opium.

Le Chauffeur, il n'apprécie pas Sherpur :

— Avant que vous arriviez, vous les Étrangers, Sherpur c'était un bidonville de réfugiés plein de déchets et d'abris de fortune. Petit à petit, des gens qui avaient trop d'argent et qui savaient pas quoi en faire, l'argent de la drogue, de la corruption, de la guerre, ils ont commencé à se construire ces grosses maisons sur les terrains sans demander la permission à personne. Ils sont trop puissants pour qu'on leur demande quoi que ce soit, surtout de partir. Les organisations internationales qui se sont installées à Kaboul payent parfois plus de 10 000 dollars américains par mois la location d'un palais de l'opium dans Sherpur.

— Et les gens du bidonville ?

— Ils sont allés être précaires ailleurs dans la ville.

C'est principalement dans ce quartier que sévit Talibanksy, qui tout en rendant hommage au graffiteur britannique Banksy en utilisant, comme lui, le stencil, vise les maisons des seigneurs de guerre et autres escrocs ayant profité de la « libération » du pays par les Étrangers. Talibanksy marque les hauts murs qui protègent ces maisons avec des graffitis. Des tanks, des kalachnikovs et des militaires, parfois un gros signe de dollar avec la mention *The Cost of War*. Oui, le coût de la guerre. Ça vaut cher, la guerre, économiquement, ça rapporte bien à certains et, surtout, ça coûte cher, *reconstruire* l'Afghanistan.

Ça fait du bien de savoir que Talibanksy existe, ça donne l'impression que quelqu'un démontre publiquement une désapprobation, ça donne un air de contestation.

Le Chauffeur nous dépose devant une porte coulissante bien gardée. À l'intérieur d'un sas, nous passons au détecteur de métal. Dans le palais de l'opium, il y a plusieurs expats et ça rigole fort en buvant du vin rouge de très bonne qualité accompagné de craquelins et de brie. Sur la véranda, deux Français, calés tranquillement dans les *toshaks* de la maison, sont en grande discussion. On dirait une charmante hutte sur la plage d'un site de villégiature d'un pays tropical, l'atmosphère est légère, bon enfant, il n'y a pas de problème.

Je m'assois tout près d'eux, sans me mêler à leur conversation.

— En tout cas, à Bagdad dans Green Village, on pouvait aller nulle part, la bouffe était vraiment dégueulasse et c'était difficile de se trouver de l'alcool, ici au moins on peut bouger, on est bien, franchement.

— Oui mais dans Green Village, tu risquais pas de te faire kidnapper. Il paraît qu'il faut pas dire que t'es athée, faut que tu appartiennes à une religion quelconque, ils ont du respect pour ça, donc catho, ça passe.

— Me faire lire le Coran par des barbus intégristes qui y croient vraiment aux soixante-douze vierges, imagine la scène, ce doit être l'horreur.

— Tu sais, avant de partir, je me suis fait opérer au laser pour les yeux. Comme ça, je me suis dit, si je me fais enlever, je vais y voir clair tout le long.

— Bof, quand ils te kidnappent ici, il se passe pas grand-chose, ils continuent à te nourrir, ils font attention de pas trop t'abîmer, question d'avoir une rançon qui reflète les bons traitements, moi ça m'inquiète pas trop.

— Tu sais, la fille qu'ils ont retrouvée au fond d'un puits, elle s'est fait violer, quand même, ils avaient pris ses lunettes, ça devait pas être cool, elle voyait absolument rien, ça m'a fait flipper, c'est ça qui m'a décidé.

— Oui, mais bon, cette fille-là elle a pris des risques qu'elle devait pas prendre, et elle a pas eu de chance, c'est tout.

— Chance ou pas, une bande de mecs crasseux qui te passent dessus dans un puits, ça doit être salissant, même si tu es dans un puits, le puits il est à sec, tu peux pas forcément te laver après.

— Qui te dit que la fille, ils l'ont laissée là ? Peut-être qu'ils l'ont invitée dans leur salon, qu'ils lui ont offert des kebabs avant de se l'enfiler sur les *toshaks*, comme ça, ma belle petite infidèle (*mime*).

— Quand même, quand tu sais pas combien de temps tu vas rester dans cette situation-là, tu dois t'en poser des questions, je me demande bien moi ce qui me passerait par la tête.

— Bah, au bout du compte, penses-tu comme moi que les étrangères elles ont toutes un faible pour ces grands barbus foncés aux yeux verts, nous on a l'air d'une bande de pédés à côté, y font chier les Afghans, avec leur air viril, peut-être qu'elle avait la chatte mouillée, quand même, on sait pas ce qu'elles pensent, les filles.

— Tu sais ce qu'y font aux gars qui se font kidnapper ?

— Faut pas faire cette tête-là, tu te prends quelques baffes et voilà, c'est tout. Ces gars-là, leur truc c'est de se faire exploser, c'est comme ça.

— Allez, je te ressers un verre ?

Alors que l'un d'eux se lève, nos regards se croisent. Je me lève à mon tour. Je cherche ma colocataire, elle est en grande discussion avec un attaché d'une organisation internationale mignon comme tout. Je lui dis que j'ai mal au cœur. Le brie probablement. Un éclat de rire du mignon, *faut sortir de Taimani parfois, revenir nous voir, on a des fromages différents tous les soirs !* Je m'excuse de devoir partir aussi précipitamment.

Le Chauffeur, qui nous attendait, me dit :

— Si tu as mal au ventre, je vais te trouver un peu d'opium. Ici, les gens n'ont pas d'argent pour s'acheter des médicaments étrangers, quand ils sont malades, ils consomment local.

*

Après avoir dévoré des viennoiseries dans la charmante cour intérieure d'un restaurant rempli de tapis et de meubles afghans où les expats flânent une bonne partie de la journée, je vois arriver mon Collègue, venu me rejoindre pour m'aider à naviguer dans Chicken Street.

Je ressens enfin le pur plaisir de me mêler à pied à l'activité de cette rue marchande aux nombreuses boutiques, vestige de l'époque hippie.

Je désire m'installer. M'acheter quelques tapis, quelques bibelots, peut-être de jolis coussins et de petits meubles en bois de la province du Nuristan. Je veux personnaliser ma chambre, la faire mienne.

Mon Collègue a ses marchands préférés, ceux qui lui donnent les meilleurs prix. J'en adopte quelques-uns, qui me sortent l'objet inusité que personne ne peut imaginer, comme ce fer à repasser qui aurait pu se trouver dans la collection de fers à repasser antiques de Papa. J'achète un sac de *tut*[3], des CD d'Ahmad Zahir, grand chanteur afghan, et un peu de vaisselle en verre soufflé turquoise de la province d'Herat. Je déniche la pièce maîtresse : un petit *malaki*[4] bourgogne et beige joli comme tout, également une spécialité d'Herat.

Arrivée à la maison, je monte dans ma chambre pour déballer mes trouvailles et m'installer.

Je regarde les livres de Gide et de Kerouac que j'ai apportés, qui sont à côté de mon lit. Ils portent en eux cette odeur si caractéristique de la Maison, mélange d'humidité et de vieux bois.

Les larmes me viennent.

En grandissant, je m'évadais de plus en plus.

Par les livres.

Pour t'échapper un peu plus encore en visitant des mondes sur lesquels tu ne pouvais exercer aucun contrôle.

Pour rencontrer des gens, pour m'émerveiller devant la multiplicité des vies. Pour vivre un peu ailleurs. Parfois plus que juste un peu. Pour découvrir des pays, après le Village-des-Bourgots, après le Vieux-Québec, après le territoire de Kadhafi.

Je lisais énormément. La bibliothèque familiale me semblait une source inépuisable de vies humaines, extraterrestres et animales, de mondes réels, rêvés ou fabulés.

---

3. Mûres enrobées de sucre blanc.
4. Tapis tissé typique de la province d'Herat.

Lorsque je lisais, j'étais en permission, quelque part dans un autre monde, sans toi.

Curieusement, cela ne te posait pas problème. Tu ne semblais avoir aucun intérêt à venir avec moi dans ma tête.

Un matin, j'ai trouvé un livre de Kerouac et un autre de Gide sur le plancher de bois. Comme si les livres, pendant la nuit, avaient sauté en bas de la bibliothèque pour se sauver.

On aurait dit qu'eux aussi pensaient fuir.

Je me demandais bien ce qui était arrivé, pourquoi ils en étaient restés là.

Je connaissais chaque tablette de la bibliothèque. Je savais ce que chacune d'elles contenait.

Je n'avais jamais vu ces livres avant.

En découvrant ces lectures, je me suis mise à chercher quelque chose.

Pas vraiment comme dans l'expression « chercher le sens de la vie », je ne cherchais pas le sens profond, le pourquoi. Je cherchais quelque chose d'enlevant.

Enlevant, comme dans se faire enlever d'une situation.

Je savais pas trop comment vivre, en général. Quoi faire.

Je devais sortir de ma tête.

J'avais utilisé un stencil pour reproduire une citation de *Sur la route*, de Kerouac, dans ma chambre : « Quelle est ta route, mon pote ? C'est la route du saint, la route du fou, la route d'arc-en-ciel, la route idiote, n'importe quelle route. C'est une route de n'importe où pour n'importe qui n'importe comment. Où qui comment ? »

Ce qui me faisait vibrer, quand je lisais, c'était l'appel de la route, l'appel de ce que le livre proposait d'aller chercher ailleurs. J'écrivais à répétition sur une feuille de papier : « Il ne me suffit pas de lire que les sables des plages sont doux ; je veux que mes pieds nus le sentent… »

Je me répétais cette phrase des *Nourritures terrestres* d'André Gide : « Et quand tu m'auras lu, jette ce livre – et sors. Je voudrais qu'il t'eût donné le désir de sortir – sortir de n'importe où, de ta ville, de ta famille, de ta chambre, de ta pensée. »

Je vivais par personnages interposés. Mon heure n'était pas encore venue de me laisser aller dans la vie complètement. Est-ce que je savais que vivre dans le vrai monde ça fait mal et on ne s'en remet jamais ?

J'avais attendu.

Puis, quand j'avais trouvé ce que je devais faire, je m'étais longtemps, longuement préparée.

Pour toi maman, juste pour toi maman.

*

— Mère Grand ?

— Oh mon Dieu, t'es où, là ?

— À Kaboul, j'ai pas bougé.

— Ç'a-tu du bon sens, tu m'appelles de ton ordinateur ?

— Oui, oui, on va en profiter pendant que ça fonctionne, écoute, j'ai pensé à toi aujourd'hui pendant que je visitais le musée de Kaboul et…

— Arrête-moi ça, ma petite-fille est au musée de Kaboul, on rit pus, quand je vais raconter ça au HLM…

— Mère Grand, personne doit savoir c'est où Kaboul, Kandahar, oui, mais Kaboul, ça pourrait être en Éthiopie, non ?

— Oh en Afrique, ça doit don ben être différent, je sais pas le monde y ressemble à quoi là-bas, paraît que ça meurt de faim pis que c'est la misère…

— En tout cas, il y avait une exposition sur un gros diamant, le Koh-i-Noor, le plus gros diamant du monde, qui appartenait à une famille royale afghane, et par un

détour de l'histoire, devine c'est qui qui a le diamant dans sa couronne maintenant ?

— Pas Lady Di, toujours ?

— Non, la reine Elizabeth.

— Faut ben que tu sois à l'autre bout du monde pour que j'entende des histoires de même. En tout cas, Camilla, c'est pas Lady Di, à quoi qu'y a pensé Charles, pis les enfants là-dedans, y en a un, justement, qui était en Afghanistan, si sa mère savait ça.

— Tu sais, les talibans ont complètement détruit le musée, mais il a été reconstruit, dans la mesure de ce qui pouvait être fait, avec des statues recollées, des photos de la destruction et des expositions de photos sur des sites archéologiques au pays où personne peut aller, c'est vraiment inspirant, Mère Grand.

— En tout cas, le p'tit y est pilote, y a de qui tenir, eh qu'a l'était don élégante, Lady Di, pis fine en plus, a l'allait dans des pays là, comme toi, voir des malades…

— D'avoir refait ce petit musée rapidement, ça fait du bien au moral…

— Pis quand a l'a rencontré mère Teresa, avec les lépreux, c'était-tu assez beau, ah, j'te dis, c'était émouvant, deux femmes ex-tra-or-di-nai-res…

— Je suis allée avec un collègue, il était vraiment ému, faut dire que c'est un Afghan qui a grandi à Téhéran et pour lui, Kaboul c'est un méchant trou, fait que ça lui a redonné un peu de fierté, de voir des photos de son pays et de dire après ça qu'y avait visité le musée de Kaboul.

— Mais veux-tu ben m'dire en fin de compte pour quoissé faire que tu t'es retrouvée là-bas ?

⁎

J'étais habituée à évoluer dans un monde des possibles circonscrit par plusieurs contraintes.

Surtout, j'avais appris à contourner ta vigilance.

Comment on se soustrait aux règles de sécurité maman, à Kaboul ? Comme au Village, pendant mon adolescence, à peu de détails près.

La vie des expats est régulée par toutes sortes de considérations liées à la sécurité, et des agents de sécurité autorisent ou restreignent les sorties. Pour le personnel de l'agence, c'est plus souple qu'ailleurs, mais on se tient loin, la plupart du temps, des grandes concentrations d'Étrangers, les cibles les plus alléchantes de la capitale afghane, avec les ministères et les forces de l'ordre.

Il n'y a pas grand-chose à faire à Kaboul le soir. Mais ce qu'on peut faire, on le fait. Et pas à moitié. Par-delà les murs ceints de barbelés, à l'abri des regards indiscrets, surtout, la vie des Étrangers est décadente, décuplée par l'insécurité, par ce besoin pressant de vivre qui répond de l'incertitude de l'existence.

Je suis toujours occupée.

Je ne suis jamais seule.

Je ne veux pas être seule.

Il y a quelques restaurants « pour les Étrangers » fréquentés également par les Afghans qui en ont les moyens. On y sert du vin mauvais, mais coûteux. Il y a beaucoup de soirées chez des relations, dans des maisons privées. Des fêtes aussi, parfois très courues, où on fait aller son carnet d'adresses pour se retrouver sur la liste restreinte d'invités. Il y a quelques groupes de musique à Kaboul, des groupes de jeunes Afghans, qui jouent dans des fêtes privées ou au lycée Esteqlal. Des expositions d'artistes afghans. D'un point de vue logistique, c'est plus simple de rester à la maison avec les colocataires ou avec des invités étrangers et afghans : organiser une soirée cinéma maison, confectionner des biscuits au haschisch, souper tranquillement, inviter des connaissances pour discuter autour de plusieurs tasses de thé.

Mais tant qu'à être à Kaboul.

Plusieurs établissements de Kaboul affichent « Interdit aux Afghans ».

J'ai senti mon cœur se comprimer dans mon corps la première fois que j'ai vu cette affiche. D'autres établissements affichent « Carte d'identité obligatoire ». Ça veut dire qu'on trie les Afghans pouvant être admis et que les Afghans de la diaspora sont les bienvenus.

Toi, tu voulais toujours me retenir, et moi, je voulais toujours me soustraire à toi pour aller m'amuser.

Pour vivre dangereusement.

Je m'extirpais de ta bonne garde pour combler les besoins essentiels de toute adolescente qui vit dans un village à cette époque de sa vie : rentrer dans un bar avant l'âge ; acheter de la boisson sans se faire carter ; trouver un endroit où aller boire tranquille ; rêver au prochain party et trouver le meilleur mensonge pour s'y rendre ; penser à avoir des relations sexuelles, avec qui, et où.

Tu sais ce que je faisais à l'époque ?

J'utilisais la maison d'une amie comme base. Je m'y faisais déposer et reprendre par Papa. De là, on sortait. Parfois, on allait au dépanneur chercher de l'alcool et on retournait s'enfermer dans sa chambre pour boire. On longeait parfois la Rivière pour fumer des joints. Quand elle pouvait avoir la voiture de ses parents, on filait plutôt dans un party pour rencontrer des garçons. Et pour poursuivre la nuit avec un garçon, eh bien le terrain était suffisamment grand et tu n'étais pas tellement sorteuse la nuit. L'été, c'était parfait. L'hiver, je pouvais me rabattre sur le cabanon. Papa s'était fait discrètement mon complice, il m'avait glissé en cachette un double de la clé. C'était notre secret.

Serais-tu surprise d'apprendre que j'ai rapidement compris comment déjouer les règles de sécurité ici ?

Devine comment je fais maman.

Je demande au Chauffeur de nous déposer dans un restaurant « autorisé ». De là, on appelle un service de taxi dit « sécurisé » qui dessert principalement la communauté d'expats de Kaboul. Et le taxi nous amène là où on veut. Cette stratégie nous permet d'avoir un semblant de vie personnelle. De faire des trucs que le Chauffeur ne saura pas, de rencontrer des garçons, par exemple, sans éveiller de curiosité ou de préjugés.

Il faut cependant reprendre le taxi pour revenir au lieu où l'on s'est fait déposer en début de soirée. Car le Chauffeur, c'est là qu'il nous reprend. Est-ce qu'il croit notre mascarade ? Probable que non. Parce que le sujet, ils l'abordent entre eux, entre chauffeurs et entre *chowkidars*. L'alcool, la mixité dans les maisons, les fêtes...

Qu'est-ce qu'ils en disent ? Je veux pas savoir.

Nous on fait semblant de dire la vérité, et lui il fait semblant de nous croire. Comme ça, on perpétue le mensonge. Dans la camaraderie, la bonne humeur et avec le sourire, de surcroît.

Comme dans le bon vieux temps de mon adolescence.

Tu aurais dû être analyste en sécurité maman. Ta place, c'est dans la gestion des mouvements, la cartographie et l'analyse des risques, des plans pour les atténuer, les risques, des plans pour renforcer la sécurité des bâtiments, pour contrôler les mouvements, les autoriser, les interdire...

Tu pourrais venir à Kaboul, on pourrait être ensemble et travailler pour la même agence, toi contrôlant mes mouvements, moi, tentant de t'échapper, ici, dans un vrai terrain hostile.

On s'amuserait bien, toi et moi, n'est-ce pas ? On pourrait continuer à vivre notre relation dans une vraie zone de conflit.

Same-same but different.

*

Chaque matin, je quitte la maison avec le Chauffeur pour aller au bureau, à un rendez-vous, ou bien je vais faire une visite pour rédiger un article. On discute toujours, tandis qu'il tente d'éviter les trous de la chaussée non pavée du quartier. Au coin de la rue, les travailleurs journaliers attendent un boulot payé à un dollar la journée, ils viennent de Kaboul, les journaliers, aussi des autres provinces de l'Afghanistan.

Je suis toujours accompagnée.

Mais ce n'est plus toi, mon escorte.

Le Chauffeur est consciencieux, il roule avec prudence et emprunte chaque matin des routes différentes pour ne pas établir de routine dans les déplacements, règle de base pour réduire les risques de kidnapping. On apprend très tôt à Kaboul que les kidnappings sont rarement le fruit du hasard, mais qu'ils résultent habituellement de plusieurs jours d'observation, de filature discrète, d'enregistrement d'informations précises concernant les heures de déplacement, la couleur du véhicule et les rues empruntées. À partir de ces informations, il devient facile de repérer le meilleur emplacement pour enlever sa victime, et la voie la plus rapide pour déguerpir de là avec son otage qui vaut une petite fortune sur le marché.

Tu m'as appris très tôt à me méfier des automobilistes qui nous suivaient sur la route pour des raisons spécifiques, non pas parce qu'ils étaient tout bonnement sur la route en même temps que nous et qu'ils roulaient dans la même direction. Tu m'as plusieurs fois incitée à rester alerte, à remarquer toute trace de surveillance dont je pourrais faire l'objet.

Le véhicule a changé : je ne suis plus assise dans un campeur Volks, mais dans une Toyota Corolla. Je n'ai pas mon lapin rose, mais mon *grab bag*[5].

Tout me paraît familier.

Tout, sauf les femmes en burqas bleues.

Je vois ces Afghanes anonymes, cachées dans un morceau de tissu. Je ne peux pas savoir si elles ont eu accès à de belles choses de l'existence, mais je peux présumer qu'il y a eu des souffrances. Je saurai jamais, mais peut-être certaines ont même fréquenté l'Université de Kaboul dans les années 1970 et porté la minijupe.

Pourtant, lors de mes recherches prédépart, j'ai visionné des documentaires, regardé les bulletins de nouvelles, lu des articles sur les femmes et je voyais autant que je savais que le port de la burqa est encore fréquent, même à Kaboul.

5. Désigne un sac à saisir en cas d'urgence, contenant des articles essentiels tels que passeport, argent américain, billet d'avion.

Je ne comprends pas comment il est possible que ces femmes et moi-même puissions nous trouver au même endroit. Je suis obsédée par cette idée. Elles. Et moi. On habite deux mondes. On se retrouve ensemble dans l'un d'eux. Inimaginable.

Mon Chauffeur, il dit :

— Tu vois les choses comme une Étrangère. Il faut que tu comprennes la culture afghane. Ces femmes-là, elles ne peuvent pas sortir de la maison sans leur burqa.

— Toi ta femme, elle porte la burqa ?

— Bien sûr ! C'est mieux qu'elle puisse sortir, au moins pour faire les courses.

C'est la journée des exercices d'évacuation avec les collègues. Dans le premier scénario, le bureau doit être évacué. On tente d'atteindre l'échelle appuyée contre le mur de ciment à l'arrière du bâtiment pour sauter dans la cour du voisin. Ainsi, de voisin en voisin, on rejoint un point de rassemblement sécuritaire. Dans le deuxième scénario, on est pris dans une manifestation lors d'un trajet en voiture. Dans chacune des voitures, les chauffeurs gardent des burqas et de vieux souliers.

Enfiler une burqa et porter des chaussures pakistanaises usées, c'est notre sortie de secours.

Je me retrouve sous une burqa bleue. Ça enserre la tête au niveau du front. Le grillage ne me permet que de voir devant moi. Tout le reste est dans un angle mort. Je sens mon souffle s'accélérer et sa chaleur me revenir derrière la grille. Le Chauffeur, qui donne la formation, me demande de faire quelques pas. Je suis empêtrée dans le tissu. Je suis en sueur.

— Tu dois apprendre à marcher comme une Afghane qui porte la burqa. Sinon, on saura que tu es une Étrangère. Il faut t'entraîner à la maison.

En enfilant une burqa à la maison, j'ai découvert deux excroissances de tissu, à l'intérieur. En les empoignant, on arrive à exercer un certain contrôle sur l'amas de tissu, notamment afin d'aligner le grillage permettant une meilleure vision et de le maintenir en place.

Mon visage est tout mouillé.

Pas de sueur, de larmes.

Effondrée dans un *toshak* du salon, la burqa relevée par-dessus le visage, retenue bien en place sur le dessus de la tête, là où la bande de tissu plus étroite enserre la tête, je repense à ma propre évacuation du Village.

Je sais déjà qu'une zone de conflit, ça peut exiger des mesures d'évacuation. C'est un concept familier.

À mesure que je grandissais, des menaces de sources tellement diverses se profilaient au Village que tu ne savais plus où donner de la tête.

C'était l'alerte généralisée.

— Mais tu réalises bien que si tu vas à ton party il y a de fortes chances que tu te fasses mettre de la drogue dans ta bière ? Tu le sais, hein ? La maison Jean-Lapointe, c'est ça qui t'attend si tu continues à boire comme ça !

La déchéance de junkie, d'une addict à l'héroïne m'attendait si j'osais fumer du pot. J'allais me retrouver à mon insu prisonnière d'un cartel, et les barons de la drogue du village voisin allaient m'utiliser pour transporter de la drogue sur le Boulevard. D'où on pouvait bien entendu me kidnapper à chaque instant avec mon précieux butin.

Non, je n'allais certainement pas emprunter l'auto, je pouvais rester en panne sur le bord de la 20 et me faire rentrer dedans par un fardier en cavale, dont le chauffeur venait de braquer le Simons de Place Sainte-Foy. Ou encore sauter sur une bombe artisanale placée sur le Boulevard.

Le Village était un haut lieu de perdition, un endroit dangereux peuplé d'êtres dépravés et diaboliques, de tireurs d'élite embusqués, de loups solitaires qui menaçaient de se faire exploser et tous cherchaient ma ruine lorsque je m'éloignais de la Maison.

Je m'étais autoévacuée vers le Vieux-Québec.

Sans burqa.

*

Mon appartement du Vieux-Québec se trouvait dans une maison en crépi blanc au toit turquoise. Dans la pièce servant à la fois de salon et de cuisine, il y avait un mur de pierre percé d'un coffre-fort, des murs gris et un beau plancher de bois. L'appartement avait conservé ses volets intérieurs. Ma chambre était envahie par des piles de livres. Celle de mon colocataire, qui allait devenir l'Ami, était adjacente à la mienne. Il y avait une légère odeur d'humidité permanente. J'étais en sécurité ici.

Je t'avais déjà dit que je me sentais comme dans un bunker dans mon appartement ?

Comme si j'y avais trouvé refuge pour échapper à la catastrophe. Pour écouter le bruit de la guerre à l'extérieur, tout en étant protégée.

Chaque matin, j'ouvrais les volets du salon et je regardais la rue étroite. C'était toujours très tranquille. Chaque jour, j'errais dans les rues du Vieux-Québec, pour le simple plaisir de rêver de ce qu'il y avait dans les maisons, regarder longuement le Fleuve en arpentant la terrasse Dufferin, ou simplement pour observer le monde, assise devant un café. Mon humeur se modulait selon la température, parce que le Vieux-Québec, il avait un visage différent chaque fois. Je regardais toujours par en haut, pour voir les toits du Vieux-Québec, je trouvais que c'était beau. Si je n'étais pas sur les bancs de l'école, ou à me promener dans la vieille ville, je travaillais à la Bibliothèque.

Lorsque je me rendais à pied à la Bibliothèque, je pensais souvent à toi maman. J'étais contente que tu ne voies pas le monde qui m'entourait. Certainement que les sans-abri qui rôdaient allaient me faire la peau et, en choc post-traumatique, j'allais devoir quitter le Vieux-Québec, et t'implorer de me reprendre à la Maison.

J'avais un répit de ta surveillance.

Mais pas de la portée de ton imagination.

Car depuis mon départ, tu me téléphonais chaque samedi, sur le coup de 17 heures.

— Quand ils ont dit aux nouvelles qu'il y avait eu un vol à main armée dans un dépanneur de Québec, je me suis dit que, te connaissant, t'étais sûrement là où il fallait pas…

— Laisse-moi deviner : j'étais prise en otage, le fusil sur la tempe pis toute ?

— C'est pas mêlant, je m'attendais à te voir à la télé, en direct, filmée par la caméra de sécurité, détenue par un gars au visage masqué par un bas de nylon, et toi tu criais *maman, maman, viens me chercher*.

— En fait, si ça m'arrivait, j'aurais plutôt tendance à crier *t'es fou, t'es fou,* man, *tu connais pas ma Mère*.

Si je décrochais le téléphone seulement à la troisième sonnerie, le potentiel qu'il y ait un problème était très élevé :

— Non mais t'as pas entendu parler du pyromane qui court les rues du Vieux-Québec ? Il pourrait t'en vouloir personnellement, il faut que tu fasses attention et que tu signales tout signe de fumée aux autorités.

— …

— Plus simplement, comme je suis matinale, peut-être que je pourrais m'installer avec toi quelque temps afin de surveiller les parages ?

L'Ami était fasciné par toi. Car si je décrochais pas le téléphone, le répondeur recrachait les pires scénarios catastrophes. Il t'écoutait parfois sur la cassette du répondeur.

— Fais bien attention quand tu prends l'autobus, celle dont tu m'as parlé, la 7 chemin Sainte-Foy, tu pourrais te faire happer en sortant d'un commerce. On sait jamais, imagine qu'un hurluberlu t'assène un grand coup de bottin téléphonique sur la tête, tu pourrais perdre pied et passer directement sous les roues de l'autobus.

Pour me consoler, parce que si lui ça l'amusait, tes préoccupations, moi ça me grugeait par en dedans, l'Ami avait inventé un jeu.

Ça s'appelait « Qu'est-ce qui pourrait bien arriver ». Alors on jouait à ce que *tu* pourrais imaginer comme catastrophes possibles.

Ça, c'était très drôle.

Par exemple, c'était dans le domaine du possible que tu puisses croire que j'avais été agressée sauvagement par un squeegee de la place D'Youville en descendant de la 801, un gars à qui je venais de refuser de donner 25 cents pour un café, suivant tes conseils judicieux de toujours me méfier de ce monde-là. Je serais à l'agonie dans la rue Saint-Jean, tu allais devoir passer tout ton temps à mon chevet d'hôpital et tu ferais *tellement pitié* qu'on allait sympathiser avec toi, te soutenir dans ta détresse : de lampions en messes commémoratives annuelles, d'activités philanthropiques en manifestations pacifiques dans les rues pour mettre fin au décrochage scolaire. Et, en perte d'autonomie, je serais forcée de retourner dans l'univers rassurant de la Maison, pour toujours, puisque rendue invalide à jamais, pour m'être aventurée un peu trop loin du nid familial, pour avoir osé rêver de vivre ma vie.

Oser vivre ma vie.

Oser vivre.

✳

Je t'invitais jamais à venir me visiter dans le Vieux-Québec. Je préférais retourner à la Maison.

Mais un jour, tu es venue. Tu savais plus où donner de la tête.

— Regarde-moi le gars là-bas, ça se pense au-dessus de ses affaires, comme dirait Mère Grand, c'est le genre d'homme qui doit s'être trempé le goupillon dans pas mal de bénitiers. Un autre beau fou qui doit avoir la dégaine rapide. Je comprends pas les femmes, ça s'intéresse à des hommes de même, ça se fait avoir même.

— Maman, c'parce que le monsieur y nous regarde, là.

— C'est comme le politicien là, oui un bel homme, mais le Tonton Anarchiste l'a vu souvent dans un restaurant par ici et y nous disait dimanche dernier qu'y paraît qu'y a le goupillon qui laisse pas mal à désirer. Tu t'en souviens ?

— Peux-tu laisser faire les goupillons et parler moins fort ?

— Regarde la fille qui quête. C'est tellement hypocrite, je comprends pas que les gens embarquent là-dedans. Ça c'est du monde qui nous demandent de leur donner de l'argent et le pire, c'est que ça habite encore chez leurs parents dans des grosses maisons. Moi c'est ça qui m'enrage, on nous prend pour des imbéciles...

— ...

— Mais qu'est-ce que vous me voulez, vous, je vous connais pas !

— La madame a voulait juste te donner un dépliant maman, c'pour...

— Ma sacoche ! J'espère que tout est là, ç'a plein de trucs ce monde-là pour détourner notre attention et pendant ce temps-là, la première chose que tu sais, c'est que ton argent est parti, et vogue-la-galère ! Oui ma fille...

— ... Il faut se méfier de tout le monde, je sais, mais maman la police est juste là...

— La police, qu'est-ce que tu veux qu'a fasse ? C'est correct qu'elle parade, avec ses galons et son uniforme, mais pendant ce temps-là, ça arrête pas les personnes dangereuses... Tu sens pas, toi, qu'on te prend pour le dindon de la farce, qu'on nous raconte n'importe quoi, et que nous, on croit toute, toute, toute ?

— ...

— Mais j'y pense, as-tu barré la porte avant de partir ? Les ronds du poêle...

— C'correct maman, j'pense qu'on va rentrer, d'un coup que ça te passerait par la tête d'appeler les pompiers de façon préventive.

Je ne pouvais plus vivre sans un rempart solide contre tes fabulations apocalyptiques.

Les livres n'étaient plus suffisants.

Je devais partir. M'échapper.

T'échapper.

*

Je suis sortie me balader dans le Vieux-Québec. Dans la vitrine d'une boutique, j'ai vu une belle carte du monde.

Je suis entrée.

J'ai eu une impulsion.

J'ai acheté la carte du monde.

Je savais depuis longtemps ce qu'il y avait plus loin que le Village, plus loin que le Village-aux-Bourgots et que le Vieux-Québec. Je le savais dans ma tête, parce que je le lisais dans les livres. J'en côtoyais pas mal, à la Bibliothèque, des livres.

J'ai erré dans les rues du Vieux-Québec.

De retour à la maison, j'ai déplié la carte dans le salon. L'Ami, qui lisait un livre, m'a lancé :

— Ça y est, après le grand déménagement dans le Vieux-Québec, on va tenter la vie à Montréal ? T'avais juste à me demander un atlas routier du Québec pour ça, voyons ! C'est pas compliqué, je t'explique : tu attends le bus qui part à toutes les heures, faut que tu prennes le bon bus, là ! Pis tu t'assois dans le bus. Là, le bus il quitte la gare, il traverse le pont et il roule sur la 20, tout droit, pendant deux heures et demie. Au moment où tu t'y attends le moins, t'es rendue au terminus, mais ça se corse un peu là, à Montréal y a un métro pis toute... Pâs fa-ci-le...

— Je m'en fous de tes jokes plates. J'ai un Plan.

— Correct. Amuse-toi bien. As-tu besoin d'une paire de ciseaux ?

France. Bulgarie. Azerbaïdjan. Qatar. Sri Lanka. Bhoutan. Corée.

Libye.

Aller régler mes comptes avec Kadhafi. Une fois pour toutes. Le potentiel que ma Mère s'inquiète était là, ça pouvait fonctionner. Mais l'univers de Kadhafi était peut-être un peu trop familier, l'effet serait amoindri...

— T'as écouté les nouvelles tantôt ? Y a un char d'assaut qui a sauté sur une mine à Kandahar. Pis y a eu un gros attentat à Kaboul, deux terroristes qui se sont fait sauter. Y avait de l'hélico pas possible à télé...

— Ah oui ? Des hélicoptères ?

Disparaître de ta vie. Partir loin, loin de toi. Exister. Être moi, seulement moi. Découvrir un univers où tu ne rêveras jamais de venir me rejoindre.

Vivre un vrai conflit. Pas le nôtre maman non, un conflit qui ne nous connaît pas, qu'on ne connaît pas, qui ne nous appartient pas.

Afghanistan.

*

J'ai méthodiquement échafaudé mon Plan.

J'avais besoin de matériel.

Je me suis acheté un carton, des punaises, du papier collant et de beaux crayons de couleur.

J'ai collé la carte du monde sur le mur de ma chambre.

J'ai enfoncé la punaise sur l'Afghanistan.

Sur le carton, j'ai tracé les grandes lignes de mon Plan :

* Apprendre : lire sur l'Afghanistan et regarder des reportages.

* Me vêtir : trouver des vêtements amples et des foulards.

* Me comporter : comprendre quoi faire, quoi ne pas faire et devenir culturellement sensible.

* Faire : exécuter le Plan et trouver quoi faire là-bas.

J'allais épuiser les livres de la Bibliothèque sur le sujet, commander des ouvrages sociopolitiques des quatre coins du pays, écumer les comptoirs de vêtements d'occasion, discuter avec des soldats d'une base militaire, avec du personnel responsable d'aide humanitaire et tenter de me trouver quelque chose à faire à Kaboul.

Les préparatifs allaient durer plusieurs mois, voire peut-être une année entière.

Ton heure était venue.

*

La discussion avec le Tonton Anarchiste était interrompue par le bruit des hélicoptères.

— *Ta mère a eu un malaise.*

— *Euh… Genre un vrai malaise ?*

— *Une surdose de nouvelles.*

— *Hein ?*

— *Incroyable, non ?*

— *C'est quoi là, elle s'est levée un matin, elle a débarqué chez Mère Grand en disant* c'est terminé, j'écoute pus l'actualité *?*

— *Non, non. Ouais, bon. Ça va pas fort, fort. Mère Grand est avec elle, crise de panique, l'hôpital pis toute.*

— *Le médecin, c'est quoi qu'y a dit ?*

— *Le cerveau a surchauffé. Faut qu'a l'arrête les nouvelles pour un boutte. Y pense que ça va l'aider à ralentir son imagination. Faut qu'a alimente moins le monde des possibles, mettons. Paraît qu'y a tellement été nourri dernièrement, qu'y fait un peu de surpoids…*

— …

— A se levait même la nuit pour être certaine de rien manquer, juste pour savoir ce qui se passait dans le monde, pas juste à Kaboul, là, toute la planète l'intéressait, d'un coup que tu serais sortie du pays sans lui dire ! Y avait même pus moyen de placer un mot le dimanche chez Mère Grand, c'était un vrai kiosque à journaux parlant.

— Je vois très bien là, mais y a un terme médical à ça ? Qu'est-ce qu'a l'a eu ?

— Bon, t'as dû déjà remarquer qu'a l'avait, comment dire, des préoccupations constantes, y avait des thèmes récurrents dans sa tête, et dernièrement, ils récurraient pas mal, ses sujets de prédilection, ça l'a jetée à terre. Épuisée, complètement.

— Bon OK, tu veux pas me dire ce que le médecin a dit. Je fais quoi, moi ?

— Attends que ça passe. C'est mieux. Dans l'fond, faut qu'a trouve un sens à sa vie en dehors de toi.

— Pis Papa là-dedans ?

— Ben justement. Y voit son tour venir, mais ça pourra pas être lui, le nouveau sens de la vie de ta mère. Va falloir qu'a trouve quelque chose d'autre.

*

Je pense à toi maman en avalant mon *kabuli palaw*[6] du vendredi.

Le Collègue avec qui je partage le bureau, il me confie que le Chauffeur ne va pas très bien lui non plus.

La famille du Chauffeur, elle était restée à Kaboul pendant la guerre civile et sous les talibans. Alors que le Chauffeur avait douze ans, son père s'est pris un truc dans la tête : une balle, un éclat d'obus, l'ensemble de ces réponses. Son cerveau est sorti de son crâne. Il pendait le long de son visage. Le petit s'était assis à côté de son père – ce qui devait en rester, selon ce qu'il s'était pris par la tête – et tentait désespérément de remettre le cerveau dans sa boîte crânienne. Ensuite, on imagine qu'une mère, un frère, une sœur, un voisin l'avait arrêté dans son geste. Le petit, devenu grand, ne s'en était jamais remis. Et ça, c'est le bout de l'histoire qu'on savait, la suite – ce qu'il était advenu du

6. Mets à base de riz, il est servi avec de l'agneau ou du poulet.

reste de la famille, comment ses membres avaient survécu jusqu'à la fin du conflit, de quelles violences ils avaient encore été témoins, celles qu'ils avaient commises par instinct de survie –, on l'ignorait.

Quand on y pense, pendant la guerre civile, ça se battait à Kaboul, ses grands bâtiments servaient de replis stratégiques aux uns et aux autres, les quartiers étaient transformés en champ de bataille. Les gens qui étaient restés, ils devaient bien habiter quelque part, dans leur maison, j'imagine.

Le Collègue, lui, il était parti pour Téhéran, en Iran, avec sa famille pendant la guerre. Il était tout jeune. Sa famille avait assez de moyens. Il est donc allé à l'école, y a appris l'anglais, a trouvé jolie pour la première fois une fille là-bas et s'est fait une vie de jeune adulte qui rêvait de travailler à la télé. Depuis que sa famille est rentrée à Kaboul avec l'intervention internationale, il s'ennuie. Téhéran, à côté de Kaboul, c'est tout de même une ville *moderne*. Et rédiger des rapports pour une ONG, écrire de petits articles ici et là, former des journalistes, c'est pas le glamour télévisuel dont il avait rêvé. Mais c'est ce qui paie bien.

Le Collègue, il me dit :

— Vous autres, vos militaires ils ont accès à des soins post-traumatiques. Quand on est pas militaire et qu'on vit la guerre, on fait quoi ? C'est pas parce qu'on est victime de conflits qu'on est né avec ce qui faut pour rester zen face à tout ça. Tout le monde en aurait besoin ici, de soins pour traiter des chocs post-traumatiques. Tout le monde a vu des choses que personne ne devrait voir, fait des choses horribles qu'on est obligé de faire pour survivre. L'Afghanistan, après trente ans de conflits, c'est probablement la plus grande réserve de gens en choc post-traumatique de la planète. C'est un asile à ciel ouvert. Mais là-dessus, on ne reçoit aucune aide. Faut reconstruire, qu'on dit, mais on reconstruit pas la tête des gens, juste des infrastructures, du matériel, personne agit sur ce qui se voit pas…

Qu'est-ce qui a pris racine dans ta tête maman depuis que je suis partie loin de toi, et qui a poussé jusqu'à tout faire exploser ? Toi aussi, tu as quelque chose que personne ne voit.

Pendant cet appel Skype à la Maison, je vois le Tonton Anarchiste derrière ma Mère qui marche de long en large en gesticulant.

— *Allô maman, comment ça se passe, depuis que tu es sortie de l'hôpital ?*

— *Oui.*

— *Oui quoi, ça va ?*

— *Oui. Je vais me mettre à la mycologie.*

— *Pardon ?*

— *J'ai envie d'aller dans la forêt, cueillir des champignons.*

— *Coudonc, ils t'ont mis sur quoi, les médecins ?*

— *Un but dans la vie, tu sais, c'est ça que ça prend, t'es partie, tu m'as abandonnée, moi qui t'a tout donné, tout, j'ai besoin de me trouver quelque chose à faire, tu sais, un genre de quête, qui pourrait se renouveler chaque année…*

— *Oui, mais avec les antiquités, me semble que ça fait une pas pire quête déjà, il vous manque toujours une cuillère en argent dans un set de vaisselle, ou une lampe à l'huile quelconque, la première édition d'un livre de Philippe Aubert de Gaspé…*

— Oui, mais la forêt, aller marcher dans les bois…

— T'as jamais aimé ça, la nature !

— On change, en vieillissant, tu verras bien.

Le Tonton Anarchiste apparaît en gros plan sur mon écran d'ordinateur. Enfin, des morceaux du Tonton, puisque je vois parfois le côté gauche de son visage, parfois son épaule, souvent ses yeux, son front et la lisière de ses cheveux.

— C'est du mush à des fins thérapeutiques qu'on devrait lui prescrire à ta mère, moi, quand j'habitais dans une commune, on lisait Les portes de la perception…

L'image fige quelques secondes sur un verre de ses lunettes épaisses, avant que la connexion redémarre assez convenablement pour que l'image suive le rythme de sa dernière tirade :

— Aldous Huxley ! Les champignons magiques ! Oui, il faut retourner à la base, le champignon magique ! Écoutez le Jefferson Airplane, White Rabbit *!* The blue bus is calling us !

— Oublie ça, la mycologie. Ça marchera pas. Elle va s'en servir pour m'accaparer !

— Non, non, dis rien, fais-lui confiance, tu verras bien ce qu'a va trouver.

Ma Mère revient devant la caméra :

— Pis je vais pouvoir te préparer de la bonne sauce aux champignons pour mettre sur tes pâtes, te téléphoner pour te raconter les champignons que j'ai trouvés, te

montrer des photos de champignons, en Afghanistan, y doit en avoir pas mal des champign...

— Écoute, fais augmenter ta dose, quelque chose, mais décroche de moi !

*

Je te raconte surtout pas tout. Ni à toi, ni au Tonton Anarchiste, ni à Mère Grand, ni même à l'Ami.

Il y a des choses que seuls les gens qui vivent à Kaboul peuvent comprendre.

Par exemple, qu'il y a plein d'activités à faire, autour de Kaboul, et qu'on est pas nécessairement la cible d'attaques coordonnées quand on quitte la ville.

Une des façons de s'éloigner de Kaboul, c'est de prendre à gauche, quelque part sur la route qui traverse la plaine de Shomali, pour se rendre à Istalif, un village de montagnes, où les gens sont potiers. Pas tous les gens, non, mais c'est une spécialité.

Les boutiques des potiers d'Istalif, elles y ont goûté, aux conflits afghans. Mais certaines boutiques, le long d'une rue, ont été reconstruites.

Surtout, il y a une petite maison d'hôtes, à Istalif, à laquelle on accède en longeant, à pied, le sentier de chèvres près de la rivière pendant une bonne quinzaine de minutes.

Le Chauffeur, il rayonne d'être à l'extérieur de Kaboul. Le Collègue, il prend ça très au sérieux, l'encadrement d'un petit groupe de journalistes qui écrit sur Istalif, et moi, qui écrit sur le travail de l'agence qui forme le petit groupe à écrire un article sur Istalif.

En prenant mon repas sur l'immense galerie qui surplombe la rivière, je regarde la haute montagne devant moi, tentant de réconcilier le paradoxe de l'aridité du paysage à la verdure des abords de la rivière, me disant *quel magnifique pays*.

J'aperçois une très jeune Afghane aux yeux verts perçants. Elle doit avoir huit ans. Elle tient dans ses mains une branche et fouette nonchalamment les chèvres qui s'abreuvent à la rivière. Elle me fixe.

Moi aussi.

Elle ne sourit pas.

Moi non plus.

La jeune fille est sale. Ses vêtements colorés sont délavés par le soleil et déchirés. Mon Collègue me dit qu'elle est *kutchi*, une nomade. Il tente de s'approcher d'elle afin de discuter un peu.

Elle est terrifiée.

Elle fait claquer sa branche sur ses chèvres et elle passe son chemin.

À quoi elle rêve, cette petite, je me le demande bien. Que mange-t-elle ? Sur quoi dort-elle ?

J'ai été une vraie enfant, avec une vie d'enfant. Dans l'enfance tout de même, dans la mienne, j'ai été bien. L'hiver, je sortais avec du beurre d'arachide sur un couteau et les mésanges venaient s'y poser. Je pouvais faire du patin ou encore me laisser descendre sur la glissoire que Papa aménageait pour moi. Un hiver, j'avais vu une vilaine hermine, qui avait même poussé l'odieux jusqu'à me montrer ses crocs alors que je jouais toute seule dans mon fort en neige. C'était une belle bête, blanche avec le bout de la queue noir, toute en longueur. Papa avait piégé la bestiole. Au Village, dans le temps, on s'enfargeait pas dans le protocole : Papa l'avait asphyxiée dans un sac accroché au tuyau d'échappement de la voiture. Le printemps suivant, j'ai réalisé que mon écureuil apprivoisé, qui montait manger ses cacahuètes sur ma tête et, en gage de sa confiance à mon égard, urinait sur ma cuisse, avait disparu. Un été, ma Mère a découvert qu'une moufette se terrait sous le cabanon. La moufette a été tirée à la carabine à partir d'une fenêtre du deuxième étage de la Maison.

L'enfance de la jeune fille est loin du cocon de la Maison. Elle qui porte sur ses épaules la responsabilité du troupeau de la famille, du clan, du campement de nomades. Qui ramasse la bouse des animaux pour la faire sécher, afin d'avoir un combustible à portée de la main pour chauffer sa famille pendant l'hiver. C'est le monde qu'elle va connaître toute sa vie.

Elle se dit certainement rien de tout cela. Pense-t-elle seulement à sa misère ? Elle a peut-être tellement faim qu'elle ne se préoccupe de rien d'autre que sa survie.

Je descends faire quelques pas, suivre les traces de ses pieds nus dans le sol humide. Qu'est-ce qui me relie à elle ?

Je tente de trouver un lien qui nous rapproche. Pour me sentir moins coupable d'avoir eu une si belle enfance, si douce, sans soucis si ce n'étaient des tiens maman.

Je ne distingue pas les habitations, seulement les jardins. Je vois des plants de haricots.

Et de gourganes.

Entre moi et la jeune fille *kutchi*, ce lien qui nous unit, c'est la gourgane. Je me demande si sa mère cuisine la soupe aux gourganes comme ma Mère à moi. Peut-être en fait, si on pouvait remonter dans le temps, découvrirait-on que d'une seule et unique recette de soupe aux gourganes proviennent toutes les soupes aux gourganes du monde, comme s'il y avait eu un ancêtre unique de la soupe aux gourganes.

J'ai une envie folle de la retrouver, de demander à mon Collègue de lui traduire que, moi aussi, je mange des gourganes.

Je pense, avec la prétention de celle qui a été une enfant dans un monde confortable, que je peux adoucir sa misère en lui laissant miroiter que sa vie elle est aussi confortable que la mienne, puisque nous avons un point en commun.

Je vais lui annoncer que sa mère est la digne descendante de la première femme au monde qui a cuisiné la soupe aux gourganes. Que ma Mère, à l'autre bout du monde, la cuisine également.

Je pense, avec l'arrogance de celle dont la famille n'est pas en mode de survie, qu'elle me sourira, reconnaissante et apaisée.

Je pense que ma révélation va changer sa vie.

Sauver le monde en ramenant tout à soi, au monde que l'on connaît, croire que notre confort pourra en réconforter d'autres, il y a plein de gens qui font déjà ça.

Faiseuses de soupe aux gourganes de ce monde, unissez-vous, que je me dis.

Ah oui maman, je te raconterai qu'on trouve des gourganes même en Afghanistan. Et pas juste ça.

Pour te faire oublier ton malaise, pour aider la mère de la jeune *kutchi* à oublier sa misère, je vais mettre sur pied le Mondial de la soupe aux gourganes, un événement annuel qui présentera les meilleures soupes aux gourganes de la planète. Oui, oui, afin que toi, avec elle, vous puissiez déterminer qui fait la meilleure soupe de gourganes au monde, ah ça, ça va te faire du bien, et à elle aussi. Et on s'arrangera toi et moi, en secret, pour que la meilleure soupe aux gourganes du monde, elle se trouve toujours en Afghanistan, dans un campement de *kutchis*.

Qu'en dis-tu ?

*

Je suis moins impatiente avec toi. J'ai moins tendance à ignorer tes appels, à faire semblant que la ligne ne fonctionne pas ou qu'Internet est en dérangement.

— *Allô, maman, pas de problème, non, je suis au jardin de Babur. Oui, oui, à Kaboul. Avec les collègues de bureau, on est en retraite du personnel, pour la planif annuelle. Pas de trouble, on vient de finir de luncher… Oh, des kebabs et des frites… avec du ketchup, comme à la Maison, probablement une version pakistanaise… Qu'est-ce qui se passe ?*

— *Écoute, on en a jamais parlé, mais est-ce que tu portes le voile quand t'es là-bas ?*

— *Maman, c'est pas possible de sortir sans hijab ici. Pis pas mal de femmes, même à Kaboul, elles portent la burqa, au moins elles peuvent sortir toutes seules de la maison, sans* marham…

— *… mar… ?*

— *Un homme de la famille, dis-toi que ça permet aux femmes d'aller au marché, d'aller dans des ONG suivre des cours de couture, des cours d'alpha pis d'informatique... Pis les autres, ben elles portent le hijab, un peu serré ou un peu lousse, ça dépend pas mal des classes sociales, des familles, de quel coin du pays elles viennent...*

— Fait que même pour travailler pour une agence internationale, faut être voilée ?

— Ben oui, je me pose même pas cette question-là, ça va de soi, ici, je veux dire, c'est la normalité, par exemple, les femmes de ménage, elles sont voilées lousse au bureau, mais quand elles prennent le bus pour rentrer chez elles, elles mettent leur burqa. J'ai aussi une collègue kandahari, c'est spécial : elle est super militante, éloquente, brillante, mais quand on va la conduire, elle se couvre avec un niqab[7]*. La première fois, tu fais le saut, c'est la totale, t'as l'impression que c'est plus elle, la fille qui a de l'aplomb, de l'assurance, on dirait qu'elle parle moins fort, qu'elle est moins confiante, juste parce que tu la vois avec le niqab... Après, tu comprends que c'est la condition imposée par la famille pour la laisser venir travailler avec nous, c'est payant, aussi, et pour elle, ben ça lui permet de s'émanciper, de continuer à réfléchir, à apprendre, à s'impliquer.*

— Elles étaient où, ces femmes-là, quand les talibans étaient là ?

— Ah ça... La plupart des femmes qui se retrouvent dans des postes de professionnelles au sein d'organisations étrangères, elles ont vécu des exils en Occident ou dans la région. Plus on descend dans la hiérarchie, moins les

7. Le niqab recouvre la totalité du visage, seuls les yeux sont découverts.

femmes ont quitté le pays pendant ces années-là. C'est un effet collatéral positif de l'intervention internationale en Afghanistan : ç'a permis aux femmes de sortir travailler. Demande-toi ce que ces femmes-là vont faire quand on sera plus ici, je veux dire, la communauté internationale. L'argument économique incite les familles réticentes à laisser leurs femmes aller travailler, enfin à Kaboul plus qu'ailleurs, faut juste espérer que le temps qu'on sera ici, ça deviendra un acquis, que les femmes sortent pour travailler, et que ça tombera pas après. Faudra voir ce qui restera de possibilités d'emplois quand tout le monde va foutre le camp, le marché va s'écrouler, mais ça, c'est une autre histoire…

— Ah bon, d'accord… Et… Babur lui, c'est qui ?

— Un empereur moghol. Enterré ici. C'est l'Aga Khan qui a financé toute la « reconstruction du jardin ». C'était super touchant, les femmes de ménage du bureau, elles sont ismaéliennes, elles pleuraient d'être ici, d'avoir l'occasion de voir ce que l'Aga Khan a fait, c'était vraiment émouvant, elles seraient jamais venues ici de leur vie, leurs deux dollars, elles les auraient pas investis en coût d'entrée. C'est magnifique, le jardin, les arbres repoussent, y a des fleurs partout. L'air est moins poussiéreux.

— C'est où ça, à Kaboul, le jardin de Babur ?

— Je pourrais pas t'expliquer, c'est là, c'est tout, comme les plaines à Québec, mettons, tu roules en ville, pis t'arrives au jardin de Babur. Juste de même là, c'est pas protégé, c'est un lieu public, payant, mais public. Mais pourquoi tu m'appelais, au juste ? Pour me dire de pas parler au monde que je connais pas ?

— Non, non, je voulais juste savoir.

— *T'es sûre que ça va ?*

— *Oui.*

Le Tonton Anarchiste, il m'avait glissé à l'oreille que le médecin t'avait conseillé de me poser des questions pour connaître la vérité, plutôt que d'imaginer ce que ma vie était, ce que je ressentais, ce que je faisais.

Dans ma tête, j'ai entonné très solennellement et très discrètement un hymne spécial pour ce médecin plein de jugement.

*

L'Ami, il est souvent sur Skype pour son boulot. Il est désormais avec une blonde, à Montréal, occupé à gravir les échelons dans la boîte qui l'emploie et à travailler très fort pour devenir directeur de quelque chose.

— *On pense que le comptable de l'agence nous vole, c'est super délicat. Il retire de l'argent* US *du compte de l'agence, mais en fait, il va changer l'argent* US *pour la devise locale, l'afghani, sur le marché noir. Il nous remet le relevé du taux d'intérêt de la Banque centrale d'Afghanistan, beaucoup moins avantageux que le taux de change sur le marché noir.*

— *Vous avez découvert ça comment ?*

— *À la maison, avec les colocs, on prend des cours de dari, donc à force d'entendre la même phrase quand il part avec le Chauffeur, on a commencé à se demander ce que ça voulait dire, alors on l'a notée et on a demandé à notre prof de dari : il dit au Chauffeur d'aller au marché noir de Kaboul, dans le vieux quartier, y a un endroit spécifique là-bas pour changer l'argent* US.

— *Une place avec ben du monde louche comme dans les films ?*

— *Probablement dans le genre…*

— No big deal, *un voleur… Ta boss l'a viré ?*

— *Pantoute.*

— *Explique-moi ça !*

— *A peut pas le virer, a peut rien prouver de tout ça… A nous a expliqué qu'a devait attendre et y aller plus subtilement… Ici, y a le directeur d'une compagnie qui a viré son agent de sécurité, pis y s'est fait descendre sur le pas de la porte en sortant du bureau… Ça joue un peu plus dur… Faut changer la politique de bureau, changer de banque, modifier les modes de paiement, paiement par chèque obligatoire. Réduire l'utilisation du liquide, de l'argent* US *également, faire ouvrir un compte en devise locale…*

— *Dis-toi au moins que tu vois des problèmes pas mal plus divertissants que les miens !*

— *Ça fait chier, franchement. C'est le gars le plus sympa, serviable et avenant du monde, toujours là pour moi, toujours là pour tout le monde, surtout pour les Étrangers, y est indispensable, le type, enfin, y s'est arrangé pour l'être, derrière son sourire, y passe ses journées à gamiquer pour s'en mettre le plus possible dans les poches.*

— …

— *J'ai envie de lui dire en pleine face que j'ai tout compris, que sous son dévouement, sa disponibilité, sa serviabilité, je sais qu'y nous ment en pleine face.*

— *Qu'est-ce qui t'empêche de le faire ?*

— *Faut préserver les apparences. L'honneur. Sauver la face. C'est comme ça que ça se passe, en Afghanistan.*

Je vais prendre mes distances. Y va comprendre que j'ai compris. Mais on va rien dire, ni l'un ni l'autre. On va continuer, tout bonnement. Mais je vais apprendre le dari en secret pour tout comprendre, tout le temps.

*

En entrant, je vois les burqas bleues accrochées à une patère.

Le visage des femmes s'éclaire à mon arrivée. Le mien également. Nous échangeons des sourires et des gloussements de plaisir. Je me déchausse avant d'entrer dans une pièce sans aucun meuble dans laquelle une dizaine de femmes sont assises sur un tapis. À leurs pieds, elles ont chacune un cahier et un stylo. Sur les murs, aucun artifice. Sauf un tableau noir. Et de modestes casiers en bois que je devine à leurs noms, afin d'y laisser leur matériel pour qu'il ne soit pas refilé à un garçon de la famille au retour à la maison. Je m'assois auprès d'elles. La leçon est interrompue pour le service du thé et des biscuits.

Pour les femmes qui suivent des cours d'alphabétisation, la burqa n'est pas un amas de tissu sous lequel se cacher en cas d'urgence. C'est un vêtement qui fait oublier qu'elles sont femmes et qui leur permet d'aller s'instruire. Une forme de sortie de secours.

L'enseignante a dirigé une école clandestine pour les filles sous les talibans. Elle est une héroïne de l'ombre à qui l'intervention internationale permet de travailler en pleine lumière. Son militantisme à elle, c'est d'enseigner aux filles et aux femmes.

Tu imagines maman si tu avais dû me laisser aller dans une école clandestine pour filles ? Tu aurais eu bien raison de t'inquiéter alors de ce qu'on aurait pu me faire.

L'enseignante s'approche de moi. La députée afghane, que j'accompagne, traduit les remerciements adressés à l'agence. Chaque année, mes collègues font une collecte de fonds au bureau pour payer les craies, les cahiers et les stylos. Et l'agence accepte que je consacre un peu de mon temps à la rédaction de projets pour le financement de l'organisation. Je me promène d'ambassade en ambassade pour tenter de ramasser les quelques dizaines de milliers de dollars nécessaires aux opérations.

La leçon reprend et la députée me mène dans une autre pièce. Elle me parle de son père, un *moudjahidin*[8]. De la fuite de la famille vers Peshawar sous les talibans. Des longues années d'exil. De son implication auprès des femmes afghanes dans les camps de réfugiés de Peshawar. Des liens qui se sont tissés entre des groupes d'Afghanes en exil et les écoles clandestines pour les filles dans l'Afghanistan des talibans. De son rôle pour faire transiter l'argent d'un pays à

8. Combattant du djihad. Terme utilisé surtout pour désigner les combattants antisoviétiques.

l'autre dans des replis de burqas pour financer l'éducation des jeunes filles. De l'amitié qui est née entre elle et l'enseignante.

— Lorsque je suis rentrée à Kaboul, avec l'intervention internationale, ma famille a découvert que notre maison était désormais occupée par un homme considéré comme un héros, qui avait combattu les talibans et aidé les Américains à entrer au pays. Il avait installé sa famille, ses gardes et ses voitures. On a dû tout recommencer nous aussi.

— ...

— Lorsque ma peine a été apaisée, j'ai ressenti toute l'injustice de la situation. Il y a des lois, ici, mais aucune institution pour les réviser, pour les amender, pour les faire respecter, pour éduquer la population sur leur existence. Avec la communauté internationale qui poussait pour que les Afghanes s'impliquent en politique, j'ai décidé de tenter ma chance.

— ...

— C'est difficile d'entendre les commentaires sur les quotas de sièges réservés aux femmes. C'est vrai qu'il y a des femmes idiotes, sans talent, sans convictions qui ont été placées au Parlement par leurs riches parents afin qu'à travers elles les hommes de leurs familles puissent manipuler le Parlement afghan. Mais il y a des femmes qui, comme d'autres hommes, croient au pays et à l'avenir de ses institutions.

— ...

— Je suis fière d'avoir été élue lors des premières élections au pays après la chute des talibans. Je fais partie de l'histoire. Le prix à payer, ce sont les constantes menaces de mort contre moi et contre ma famille. Au moins je n'ai pas de mari en plus, et dans ma situation, je n'en aurai jamais !

Mes yeux brillent. Je suis fière d'avoir rencontré ces femmes.

Un peu triste aussi.

Qu'est-ce que je vais bien pouvoir faire *après* ?

⁂

— *En tout cas y a de la machine aujourd'hui dans l'chemin, oui madame, juste en face du HLM, ta mère et moi on s'entendait pas parler…*

— …

— *Y a même du monde de la ville, ici, en face du HLM ! Ta mère veut te poser une question.*

— *Oui, on se disait ça Mère Grand et moi, tu dois croiser toute sorte de monde, en Afghanistan ?*

Oui maman. Il y a toutes sortes d'Afghans. Ils ont toutes sortes de vies. Je peux pas tout te raconter à toi, leurs réalités sont si multiples et si loin de celles des gens du Village. Mais laisse-moi rêver que je t'entraîne, pendant quelques instants, dans ce monde qui est mien. Permets-moi de te bercer de l'image de ce sourire, de te raconter ce qui se cache derrière. Je t'emmène avec moi…

Imagine un petit village, fait de quelques maisons, construit le long d'une rivière, bordé de montagnes arides qui ondulent comme des corps de femmes, mais qui ne donneront jamais la vie. Ce village sans perspective, il est tellement, tellement loin, les habitants font sécher la bouse du bétail pendant l'été sur les murs de leur maison afin de pouvoir se chauffer en hiver. Je ne peux même pas concevoir de quoi ils peuvent bien discuter. Probable que ça jase de nourriture, de météo, de bêtes.

Je t'emmène au sud du pays, dans un grand champ de pavot. Il est magnifique, le champ de pavot, avec ses petits boutons roses qui percent sa verdure. Lorsqu'on s'y attarde, on remarque qu'il est surveillé par des gardes armés. On voit également les journaliers dans les champs, ils travaillent douze heures par jour et s'engourdissent à l'opium pour calmer leur faim et arriver à amasser l'équivalent de ce dollar quotidien, en afghani, qu'on leur promet. Lorsque ce n'est pas le temps de la récolte de pavot, les journaliers se trouvent d'autres petits boulots misérables et incertains, et leur existence et celle des leurs reposent sur leur capacité à faire face à la précarité. Les routes du sud qu'empruntent les convois militaires sont contrôlées par de puissants individus, dont certains simulent des attaques afin de faire grimper les tarifs que paient les armées du monde entier aux compagnies de sécurité dirigées par ces mêmes personnes. Ce qu'ils doivent rigoler, ces gens.

On fait un détour par la frontière de l'est. Les camions qui transitent vers le Pakistan sont peints de couleurs vives, certains constituent de véritables œuvres d'art. Les camions ont l'air joyeux, on pourrait croire que le monde il est doux et il est gentil et que tout va pour le mieux. Les camionneurs, ils connaissent les pratiques de certains responsables frontaliers et le prix à payer pour traverser la frontière au passage de Khyber. Ils savent également que ce prélèvement illégal ne va pas dans les coffres de l'État, mais dans ceux des puissants locaux, en toute impunité. Ils ne disent rien maman, les camionneurs, parce qu'ils sont trop petits dans ce grand pays, ils sont trop rien pour les puissants, et surtout, ils sont habitués eux que ça fonctionne comme ça.

De retour à Kaboul, je les croise chaque jour, ces Afghans dont je ne connais pas la vie. Il y a un homme qui a joint les rangs de la police afghane moins par conviction que par besoin d'une rentrée d'argent régulière. Affalés dans cet ancien théâtre soviétique à demi détruit par les bombes, rue Darulaman, à Kaboul, des opiomanes se désintègrent lentement, ils disparaîtront de la vie sans que personne le sache. Comme cette femme qui croupit dans une prison sordide pour s'être retrouvée seule dans la maison de ses parents avec un homme, rencontre impensable ici entre deux jeunes personnes non mariées et non membres de la même famille. Les voisins, entrevoyant à travers les rideaux une banale scène de discussion, ont alerté les forces de l'ordre qui se sont empressées d'emprisonner pour adultère la femme autrefois jeune.

En passant devant un ministère, je pense à ce cadre qui, au vu et au su de ses supérieurs, se prélève une cote sur le salaire de ses employés, qui eux acceptent ce procédé afin de recevoir le reste de leur paie, dont la source provient des fonds internationaux. Il va pouvoir investir dans le domaine foncier, une valeur sûre, peut-être même s'acheter une maison à Dubaï afin d'y mettre sa famille à l'abri lorsque le marché immobilier de Kaboul s'écroulera après le départ des Étrangers. Je vois cette mendiante en burqa bleue, au carrefour là-bas, elle s'est peut-être enfuie d'un mariage forcé, et n'ayant nulle part où aller, elle quête pour payer une paillasse crasseuse chez des particuliers, qui l'utilisent également comme domestique.

C'est beau maman, l'Afghanistan, c'est un pays magnifique.

Mais les gens vivent avec dans leur cœur la grande ombre de tous ces conflits.

Il y a du beau, il y a du moins beau, du bien et du mal.

Il y a tous ces gens qui tentent de survivre.

Il y a tout cet argent, soudainement, qui tombe sur le pays.

C'est comme ça, ici.

Avant je voyais juste toi maman et je lisais la vie de tous ces gens sur du papier.

Maintenant, je vois plus loin et tous ces gens ils sont autour de moi.

C'est étourdissant.

Je suis étourdie maman.

Je veux que tu me berces à ton tour.

⁂

Tu as toujours cru que les tourterelles tristes qui roucoulaient à la Maison, elles portaient malheur.

Peut-être as-tu raison.

Je me réveille très tôt. Je suis sur le dos. J'ouvre les yeux et je fixe le plafond.

Il y a quelque chose de différent. Je tente d'identifier ce quelque chose, dans le fond de l'air, qui est différent des autres matins. Il fait clair, c'est vraisemblablement, comme tous les autres jours, un matin ensoleillé. La maison est plongée dans le silence.

J'entends les tourterelles roucouler. Elles roucoulent comme à la Maison. Pourquoi je les entends si bien, ce matin ? Leur roucoulement est d'une grande clarté. Il se détache très précisément, très distinctement.

Dehors, c'est le silence le plus complet.

Pas de klaxons. Pas de cris. Pas de bruits de voitures. Pas de rires d'enfants. Pas de *chowkidars* qui s'interpellent. Pas de vendeur de crème glacée.

Toute mon attention est fixée sur le roucoulement des tourterelles. Je revois l'hydrangée de la Maison, elle est en fleurs. Je caresse doucement ses fleurs blanches qui virent au rose. J'observe les taons qui s'y posent et qui se trimballent d'une fleur à une autre. Je porte mes shorts en ratine et un t-shirt pâle. Mes boucles sont courtes, en désordre. Je m'assois sur la branche la plus basse de l'arbre, je l'enjambe, je me fais toute petite dans son giron protecteur. Je suis dans l'hydrangée. Je suis au milieu des fleurs. Je distingue presque leur odeur. J'y suis presque…

Dans ce grand silence, je les entends.

Une fois, deux fois.

Les claquements secs. À répétition. Des rafales. Je ne reconnais d'abord pas ce bruit. Je m'assois dans mon lit. J'écoute attentivement. Je me dis *est-ce possible que… que ce soit ça ?* J'écoute encore. Les claquements sont toujours là. Ils sont plus nombreux, presque en continu maintenant. Ils me semblent lointains. Enfin, pas dans mon environnement immédiat. Peut-être même pas dans le quartier.

Et Kaboul, elle, qu'est-ce qu'elle fait ? Elle se tait. Elle laisse roucouler les tourterelles.

C'est ma première fois.

Des sirènes se mêlent aux tirs de kalachnikovs. Je regarde mon *grab bag*. Je regarde mon hijab, que dois-je faire ? Je pense qu'il serait absurde de sortir avec un hijab, mais sans porter de soutien-gorge.

Je rejoins les colocs au rez-de-chaussée, debout, hébétés.

— Une maison du personnel des Nations unies est sous attaque, c'est les talibans. L'attaque est ciblée, ça ne s'en vient pas vers nous. Personne ne bouge de la maison. On ne sort pas. On ne va pas au bureau ce matin. Le périmètre est bouclé, personne ne circule. Jusqu'à quand ? Jusqu'à ce que ce soit terminé. Je vais vous tenir au courant, mais vous aurez l'information au même rythme que moi : au son.

Je ne sais pas quoi faire. Je ne sais pas où aller dans la maison. Visiblement, personne n'a envie de parler.

Je retourne dans ma chambre. Je ne peux qu'attendre. Je suis assise à mon bureau, devant la fenêtre. Je fixe le vide. Comme si je pouvais voir les images qui vont avec le bruit.

J'écoute, fascinée.

Je comprends ce qui se passe. Je suis consciente qu'à cet instant des gens, peut-être bien même des gens que je connais, ceux qui mangeaient du brie et des petits fours, sont en train de se faire pourchasser, tirer dessus, de vivre la peur la plus magistrale de leur existence, de tenter de s'échapper.

Est-ce que je penserais à toi maman dans un moment pareil ? Oui, je le sais.

C'est un sentiment étrange d'entendre le bruit d'un engin qui tue des gens : ça devient un peu comme le bruit de leur mort.

Comment ils vont vivre, ensuite, les survivants, les témoins, ceux et celles qui vont pouvoir s'échapper ?

Mon téléphone vibre frénétiquement. Je reçois les SMS de sécurité du Chauffeur.

« Il y a des morts parmi le personnel des Nations unies et les forces afghanes. »

Le téléphone sonne, le Collègue s'informe de ma santé. Je comprends qu'il me demande indirectement si tout va bien dans ma tête. Je réponds que oui.

Je pense à toi maman. Tu vas voir les nouvelles, je dois tenter de te joindre. Le système ne fonctionne pas, il doit être surchargé. Les communications sont impossibles.

« Circulation interdite dans le périmètre de Wazir Akbar Khan. Intervention en cours. »

« Nombre de victimes inconnu. »

Je redescends voir les colocs. On discute du « Qu'est-ce que tu faisais quand tu as réalisé que ». Car on sait toutes et tous ce que nous faisions. « J'allais texter le Chauffeur pour qu'il vienne me chercher plus tôt. » Ou bien : « J'étais en train de verser le café dans ma tasse. » Ou encore : « Je parlais à mon père sur Skype quand je lui ai dit d'attendre un peu, et tout a coupé. »

Moi, je savais que, « au moment où j'avais réalisé que », j'étais dans l'hydrangée en fleurs de mon enfance et j'écoutais le roucoulement des tourterelles tristes. Tu n'étais pas loin de moi maman, tu commençais à t'inquiéter de ne pas me voir. J'étais bien cachée, ça oui.

On dit que c'est horrible. Que la situation empire à Kaboul. On tente de se rapprocher le plus possible de l'incident : « J'étais juste à côté hier soir. » « J'allais passer par là ce matin pour aller à un rendez-vous. » Ou bien : « Je me demande si le gars avec qui j'étais l'autre soir il… » Pourquoi ce besoin viscéral de communiquer que nous nous trouvions tout près du site d'une attaque spectaculaire ? L'évocation est surtout synonyme de communion avec *des gens* qui ont trouvé la mort dans des circonstances tragiques.

On se sent proche de la mort. C'est ça qui nous arrive.

On ne croit pas que ça aurait pu être nous. Cela ne fait pas partie du monde des possibles. Des probabilités. Mais on aime démontrer notre lien intime, notre proximité avec les événements tragiques.

« Les assaillants ont été abattus. »

Ma vie présentement se découpe dans l'univers aussi nettement que le chant des tourterelles pendant cet intermède de silence, entre le moment où les explosifs ont permis aux talibans de pénétrer dans le périmètre de la maison et l'arrivée des forces de l'ordre.

Mais qui c'est ? Qui est mort ? Ah bon ? Je connais personne.

Les expats qui meurent, eux, on nous apprend leur nationalité et leur nom. S'ils étaient mariés, pères, mères, sœurs, gentils et attentionnés. On sait également laquelle des branches talibanes revendique l'attaque.

Les Afghans, victimes collatérales des attentats, eux sont toujours anonymes. On ne connaît jamais « le civil afghan », de quelle province il vient, quel est son nom, son métier, s'il est gentil ou non. Pourquoi était-il là, à ce moment précis, cet Afghan ? On ignore qui sont ces policiers et ces militaires afghans. Pourtant, eux aussi, ils meurent. Eux surtout, ils meurent.

Pendant que la tourterelle triste, elle, elle roucoule.

*

Nous avions convenu toi et moi qu'advenant une attaque à Kaboul dont tu risquais d'entendre parler au *Téléjournal*, j'allais tenter de te joindre pour te dire que ça allait.

— *Maman ? C'est moi, je vais faire vite, au cas où Internet coupe*[9]*, y a eu une attaque à Kaboul contre une maison d'Étrangers, je suis correcte, c'était pas chez nous, je voulais te le dire avant que tu voies les nouvelles…*

— *OK, message reçu*.............................
[Internet coupé]

— *T'es là maman, t'es là ? Je vais bien, j'suis correcte, c'était loin de chez nous, faut pas que tu t'en fasses, OK, ça va, je te jure, y a plus de danger, c'est fini, personne est blessé, j'ai rien vu, tu sais maman, je voulais te dire,*

9. Le réseau de télécommunications est souvent coupé après une attaque afin d'éviter que les assaillants puissent communiquer entre eux, notamment s'il y a une seconde cible. Par la suite, le réseau est surchargé par les gens qui tentent de joindre des proches.

tout ça, l'Afghanistan, c'était, comment dire, c'était un Pl… Maman, t'es là ?

*

Au réveil, je sens tout de suite l'air froid dans ma chambre. Je n'ai aucune envie de sortir de mon sac de couchage. Je m'extirpe rapidement pour me glisser dans mon manteau d'hiver que j'avais abandonné la veille sur le plancher à côté de mon lit. En tirant les rideaux, je me sens sourire en voyant la mince couche de neige qui recouvre notre cour intérieure. Je descends au rez-de-chaussée. J'ouvre la porte du *bohari*[10], j'y dépose brindilles et papier avant d'allumer le tout. Assise sur un pouf devant l'étroite ouverture, je surveille le feu qui s'anime tranquillement, j'ajuste le tirant d'air. Ça y est : je peux y glisser une bûche et refermer la petite porte. Toujours vêtue de mon manteau d'hiver, je fais bouillir l'eau pour mon café. Je remplis également une bouilloire pour la poser sur le dessus du *bohari*, en guise d'humidificateur, puisque

10. Le *bohari* est un petit poêle à bois de forme cylindrique qui sert à chauffer les maisons pendant l'hiver.

l'air devient très sec. Je me sers des céréales et je me rassois sur le pouf, devant le *bohari*, pour me réchauffer.

Lorsqu'il neige à Kaboul, c'est une bonne nouvelle. Les gens qui n'ont pas un accès facile à l'eau peuvent faire fondre la neige pour la boire et pour en donner aux bêtes.

Le Chauffeur est d'excellente humeur lorsqu'il nous prend moi et ma coloc pour aller au bureau. Kaboul est d'un charme fou, avec son léger manteau blanc. Les marchands ambulants portent leur *patou*[11] par-dessus le *shalwaar kameez*[12]. Il règne ce matin à Kaboul une joyeuse camaraderie dans les rues. Je veux sortir de la voiture moi aussi pour me mêler aux gens, échanger une blague, attraper au passage une noix sur une brouette en bois poussée par un magnifique Pachtoune aux yeux verts perçants. Mais non, je dois demeurer assise sagement, avec mon hijab, dans la voiture.

Je distingue l'Hindou Kouch, au loin, et ses sommets enneigés.

— T'as pas envie, toi, qu'on crie au Chauffeur de rouler jusque vers les montagnes ? On y va, on le fait conduire jusqu'à épuisement, et ensuite, on prend le relais.

— T'imagines si on pouvait faire un road trip de plusieurs mois sur l'ancienne route de la soie ?

---

11. Un *patou* est un morceau de tissu porté par les hommes, qui ressemble à une couverture de laine, notamment pour se protéger du froid.

12. Costume unisexe composé d'une tunique longue assortie d'un ample pantalon, le *shalwaar kameez* est porté surtout en Afghanistan, au Pakistan et dans le nord de l'Inde.

— On le sait pas encore, mais c'est aujourd'hui que ça commence !

— Tu m'en reparleras dans quelques heures, l'hiver dure quatre jours ici, c'est une chance, je te jure c'est le bordel le plus total au moindre flocon.

Une heure plus tard, on est toujours coincées dans le trafic, entre notre maison et le bureau. Le léger manteau de neige fond. Les rues non pavées de Kaboul deviennent de gigantesques trous de vase. Les voitures s'embourbent. Les gens sortent pour les pousser en dehors des crevasses. Les passants donnent un coup de main. Les caniveaux débordent…

— Eh bien, je dois annuler mon rendez-vous de ce matin aux Nations unies. Le réseau, il rentre sur ton cellulaire ? Enfin, nous voici au bureau. Tu feras gaffe à ton bas de pantalon au sortir de la voiture. Je parie qu'Internet ne marchera pas, il y a un millimètre de neige par-dessus l'antenne… On a pas fini…

C'est une journée chaotique comme Kaboul sait seule en fabriquer. Je sais pas comment elle s'y prend, Kaboul, pour avoir autant d'imagination, mais c'est chose si fréquente de se lever un matin, le matin le plus ordinaire du monde, d'être de bonne humeur pour réaliser que rien ne fonctionne et de devoir remettre tout ce qui est prévu.

Mon Collègue est là, souriant.

— J'ai demandé au *chowkidar* de venir allumer le *bohari* dans notre bureau. Mais en attendant, je te conseille de mettre des gants pour travailler. Internet est toujours en panne, il faudra attendre jusque vers midi.

On se retrouve tous dans la salle de réunion à boire du thé et à discuter.

En arrivant à la maison le soir, on découvre que les tuyaux sont gelés.

— Mauvaise nouvelle pour vos consciences occidentales : vous devrez tirer la chasse avec de l'eau embouteillée ! Avoir su, j'aurais fait le plein de neige moi aussi ce matin.

— J'arrive pas à allumer le *bohari*, on dirait qu'il y a un problème avec le tirant d'air.

Le salon est rempli de fumée. Le *chowkidar* est appelé à la rescousse.

— On va sortir les chaufferettes, il vente trop dehors.

Dans chacune de nos quatre chambres, les chaufferettes sont au maximum. Juste avant que ce soit une heure raisonnable pour aller au lit, le système électrique abdique.

Je dois enfiler tuque, manteau et chaussettes pour passer la nuit.

Au quatrième jour de cet hiver, personne, ni à la maison ni au bureau, n'a pu prendre une douche. Les nez coulent, les gorges sont irritées, les toussotements commencent à se faire entendre. Mon Collègue est tout blanc. Il sent le mauvais parfum pour homme.

J'ai besoin de me laver et d'avoir chaud. Je suis une Occidentale qui a grandi dans la facilité d'un monde fonctionnel : j'ai des caprices. Je me sens coupable d'en avoir. J'ai des limites dans ma flexibilité et dans ma souplesse. Être malade comme tout le monde ou aller chercher un peu de confort ? Que faire ?

Je consulte ma coloc et on se sauve du bureau. On file au gym. On paie les frais d'entrée exorbitants pour le plaisir de prendre une longue douche chaude, poussant même notre bonheur jusqu'à manger quelques kebabs dans la salle à manger chauffée de l'établissement, en regardant par les grandes fenêtres ce qu'il reste de neige qui recouvre le jardin. Nous sommes chanceuses d'avoir accès à ce luxe.

— Les gens qui habitent dans les maisons en terre battue, ils font quoi d'après toi depuis quatre jours ?

— …

Neige, en dari, se dit *barf*.

*

— Mère Grand, tu sais pas ce qu'on m'a fait goûter au bureau aujourd'hui ?

— Veux-tu ben m'dire ce qu'y mangent, c'te monde-là, ça doit pas être comme nous autres certain.

— Justement, c'est pour ça que je t'appelle, te souviens-tu de ta recette de beignes ?

— La recette de ton arrière-grand-mère ?

— Ah, ça je sais pas... Mais oui, cette recette-là, tu sais, tu me faisais enlever la pâte au milieu du beigne pour faire le trou ? Eh bien les cuisinières du bureau ont préparé le trou du beigne. Le bout que j'enlevais. J'étais tellement heureuse, j'ai fait leur journée, et elles ont fait la mienne ! C'est exactement la même recette.

— Fait que nous autres on fait le beigne, pis en Af-gha-nis-tan, y font le trou du beigne ?

— C'est aussi ma conclusion.

Le Tonton Anarchiste il est chez Mère Grand aujourd'hui. Il s'interpose.

— *Le trou, le néant ! Dans* De l'inconvénient d'être né, *Cioran a écrit : « Depuis deux mille ans, le Christ se venge sur nous de ne pas être mort sur un canapé. »*

— *Veux-tu ben m'dire, Jésus y est pas tellement de circonstance, là. Si on est sur écoute, le monde en Afgha-nis-tan y vont penser qu'on fait du pro-sé-ly-tis-me. Vous avez une cuisinière au bureau, pour quoissé faire ?*

Je suis contente de pouvoir fournir une réponse très appropriée.

— *Pour limiter les mouvements, comme quand j'étais petite Mère Grand, j'allais au HLM, aux antiquités, à l'école, c'était tout, pour limiter les risques.*

— *Ben oui, ta mère t'a ben trop protégée. R'garde quéssé qu'ç'a donné.*

Le Tonton Anarchiste reprend le fil de son monologue.

— Kyrie Eleison, *de l'album* Mass in F Minor, *du groupe psychédélique The Electric Prunes, qui joue dans l'une des plus célèbres scènes de film du cinéma américain,* Easy Rider…

— *Veux-tu ben arrêter avec ta musique qu'on connaît pas ? Mais la recette eux autres, ils l'ont eue comment ?*

J'ai de la difficulté à faire ma place dans la discussion.

— *Paraît que c'est une recette iranienne. J'imagine que la recette, elle a été amenée en France, et de France, transportée au Québec.*

Exténuée, je laisse le soin à Mère Grand et au Tonton Anarchiste de conclure.

— *La Révolution de Mai 68, le sexe libre, la drogue, l'alcool, la route et la liberté ! LI-BER-TÉ !*

— *Et qu'y a don ben du monde s'a terre, ç'a pas d'bon sens.*

Je me sens dépassée par ce monde si grand que j'habite. Par tout le vécu qu'il a déjà, ce monde que j'habite, par tout ce qui a pu se passer avant que je vienne au monde, tout ce qui s'y passera encore. Et surtout, par le mouvement des gens dans le monde.

*

Je suis couchée sur le dos sur un *toshak* du salon. Ma coloc est allongée sur un autre *toshak*. Je lui dis :

— As-tu déjà pensé que pendant les années talibanes, il y en a eu, des lapidations ? Beaucoup de lapidations ? Ça veut dire que ça prenait des lapidateurs. Des tireurs de roches. Je sais pas comment ça se passait. C'était qui ces gens-là ? À qui on demandait de lapider les femmes ? Quand même, la lapidation c'est plutôt spécifique, l'exécutant doit bien avoir une dénomination.

— C'est vrai qu'on n'appelle pas un gars qui en abat un autre à la kalachnikov un kalachnikeux, c'était peut-être seulement un hasard, qu'il se soit retrouvé à faire un job à la kalach. La kalach, c'était peut-être juste la meilleure arme pour tuer.

— Exact. Tandis que le lapidateur, il était là pour lapider. Pour prendre des roches, pis les tirer sur une femme à demi ensevelie, pour qu'elle meure lentement, dans d'atroces douleurs, sous le regard de plein de gens qui devaient assister à la lapidation de gré ou de force. Ce gars-là, celui qui lapidait, penses-tu qu'il avait la conviction profonde que c'était bien, ce qu'il faisait ? T'imagines ? Un lapidateur convaincu qu'il faisait la bonne affaire…

— Qui rentre à la maison le soir, satisfait de lui-même. Parce que, le lapidateur, il survivait aux tourments atroces et inacceptables des lapidées. Il continuait à vivre, tout bonnement, comme si de rien n'était.

— Oui, mais ça, c'est le profil du lapidateur *convaincu*. T'avais sûrement aussi l'inverse, genre des lapidateurs qui filaient pas pantoute pour lapider – un gars qui savait qu'il devait faire la job sinon sa famille se faisait ramasser. T'imagines le reste de sa vie au bonhomme ? Celle de ses proches ? Ça devait être misérable sur un méchant bout de temps. Il devait filer un mauvais coton. Vivant, avec les siens, avec le souvenir de femmes qu'il avait lui-même lapidées. Je me demande comment il pouvait regarder sa femme avec désir, sa fille avec fierté, sa mère avec tendresse…

Ma coloc se redresse sur les *toshaks*, puis se lève, croise les bras et me regarde.

— Avec l'accent, je comprends pas tout ce que tu racontes, mais je crois que c'est le moment pour toi de faire un *R&R*[13] à Dubaï.

— Tu t'inquiètes pour ma santé mentale ?

---

13. *Rest & Recreation*. Le terme a été inventé pour désigner le séjour périodique que les soldats américains effectuaient en dehors du Viêtnam. C'est le *R&R* des soldats américains qui a par ailleurs fait fleurir la prostitution en Thaïlande.

— Tu dois sortir d'ici quelques jours, aller te reposer, manger du poisson, boire du bon vin, marcher dans la rue et te faire bronzer en bikini sur le bord d'une piscine en regardant des magazines. La violence, elle est partout. Tu ne t'en rends pas compte, mais elle est insidieuse, elle s'immisce en toi et te ronge.

— Maintenant que t'en parles, c'est vrai que je me sens un peu fatiguée...

— On travaille tous les jours, on fait jamais moins que des journées de dix heures, ça aussi, ça rentre dans notre système à la longue. Ce qui-vive constant, cette intensité... Toute la pression de ces contraintes qui deviennent notre quotidien, ça finit par nous donner des idées bizarres.

Toute la pression de ces contraintes qui deviennent notre quotidien, ça finit par nous donner des idées bizarres.

Je sais déjà.

C'est pour ça que je suis ici.

*

J'ai souvent des rendez-vous impromptus avec l'Ami sur Skype. Pour garder contact, parce que je m'ennuie, mais aussi pour évacuer un peu de ce que je vis ici.

— *Il m'est arrivé quelque chose de tellement bizarre aujourd'hui !*

— *Tu t'es ennuyée de ta mère ?*

— *J'allais renouveler mon permis de séjour au ministère de l'Intérieur et là, tu dois passer par la section femmes du point de contrôle, c'est un petit poste en bois, la porte c'est un rideau avec des fleurs, comme pour égayer la suite…*

— *Égaye-moi, vas-y !*

— *Les femmes ont un super grand sourire, a passent le détecteur de métal de dos, de face, tout a l'air à peu près normal…*

— *Jusqu'à maintenant, je trouve ça pas mal normal moi aussi, on se croirait presque dans notre ancien appart dans le Vieux-Québec !*

— Arrête don ! Mais là, y a une femme qui me dirige vers un isoloir.

— J'ai tellement envie de te faire une joke facile !

— T'aurais l'air fin si la connexion coupait, t'aurais même pas la suite de l'histoire, pis je te la ra-con-te-rai ja-mais.

— ...

— Fait que là, derrière un rideau moins transparent, la femme me regarde dans les yeux en souriant. Je me doutais bien que je devais dire oui, ou OK, ou sourire moi aussi comme pour communiquer que je comprenais ce qui allait se passer, mais là, la femme a commence à me tâter le poignet et a remonte jusqu'à l'épaule, un bras, deux bras. A pose sa main sur mon thorax, a m'agrippe les deux seins à pleines mains ! Mais c'est pas fini : a l'appuie sa main entre mes deux cuisses !

— A t'a rien dit ?

— Tu dis ça comment, toi, en dari ? « Excusez-moi mademoiselle, mais dans ma description de tâches ça dit que je dois vous tâter la noune pour voir si y a pas de bombe. »

— Y ont déjà déjoué des kamikazes, tu penses, avec leur fouille manuelle ?

— Des emplois pour les femmes, ça crée des emplois pour les femmes, se faire tâtonner l'entrejambe, ça fait partie de la reconstruction du pays, au nombre de ministères qu'y a ici, c'est parfait.

— Y ont pas de budget, ce ministère-là, je veux dire pour moderniser la fouille ?

— T'aurais dû voir l'intérieur de l'édifice : le corridor était pastel décoloré, on voyait que le bâtiment avait

pris l'eau. Y avait plein d'Afghans entassés dans une pièce super chaude, aucune femme, ça sentait la sueur. C'étaient des réfugiés afghans qui attendaient leur carte d'identité. Sais-tu ce qu'y a dit, mon Chauffeur, quand je lui ai demandé ce que les réfugiés allaient faire en rentrant au pays ? « Tu veux dire, à part avoir une identité ? Ils vont être pauvres. »

*

En sortant de l'aéroport de Dubaï, je suis happée par la chaleur, cette chaleur typique des pays développés qui saute au visage lorsqu'elle a longtemps été emprisonnée dans le béton et dans le goudron. Je repère un taxi rose : de ceux qui sont conduits par des femmes. Nous roulons une quinzaine de minutes, le temps que je puisse observer la qualité de l'asphalte, la modernité des lacets d'autoroute, l'éclairage de nuit impeccable, la hauteur des hôtels et l'exactitude des pancartes bleues indiquant les lieux, le long des autoroutes.

Les portes de mon hôtel s'ouvrent devant moi et ma petite valise. Je suis de retour au Camp. Un Camp outrageusement luxueux, bien que peu coûteux, qui comprend six piscines, une douzaine de restaurants et un centre de soins pour le corps. Je pense à mes colocs qui se débattent peut-être avec les coupures d'électricité, à mes collègues afghans qui mettent de côté chaque dollar en prévision d'un nouvel exil, d'un investissement dans un terrain, des études de leurs enfants.

L'extravagance, le luxe et la richesse, tout à Dubaï me rappelle à quel point Kaboul est démunie. Les infrastructures, toujours fonctionnelles, me révèlent ce que je ne voyais plus : que tout est compliqué à Kaboul. Qu'il manque de tout, que les choix de nourriture sont limités, que la moindre tâche quotidienne est complexe, que vivre sans coupure d'électricité est impossible, qu'emprunter des routes bétonnées relève de l'utopie, que les maisons sont mal construites et que les toits coulent. Que les relations avec les Afghans sont toujours tout en retenue et en modestie.

— *Maman, je suis à Dubaï.*

— *Tu rentres à la Maison ?*

— *Non, je prends du repos maman. Chus fatiguée.*

— *Mais pourquoi tu voulais aller à Dubaï ?*

— *C'est pratique, c'est tout. Je peux plus me casser la tête, j'ai besoin que ce soit facile pendant quelques jours. C'est pas loin et je voyage à mes frais. Y a plein de vols à partir de Kaboul. Ariana, Safi Airways, Flydubai pis les avions sont toujours pleins. C'est juste à quatre heures de vol. Dubaï, c'est une autre planète.*

— *Ç'a pas l'air de bien aller...*

— *Je suis épuisée.*

— *Qu'est-ce que tu vas faire là-bas ?*

— *Ce que tous les expats font quand ils vont à Dubaï : m'étourdir.*

C'est quand on est à Dubaï que l'on réalise à quel point l'Afghanistan est pauvre. Paradoxalement, lorsqu'on est à Kaboul, tout nous semble parfaitement normal. Après un moment, même, rien ne nous étonne plus.

Je m'étourdis pour oublier Kaboul en me disant que c'est pas possible, toute cette démesure, tout ce luxe. Je quitte mon hôtel cinq étoiles à rabais, tout près de l'aéroport, pour me rendre au Dubai Mall admirer l'immense aquarium aménagé à l'intérieur. Je me gave de mezzes dans un restaurant libanais en observant les émiratis défiler. Plusieurs femmes portent le niqab, qui laisse entrevoir des yeux magnifiquement maquillés. Je regarde discrètement la femme à côté de moi pour voir comment elle mange son repas. Elle prend un mezze, lève la partie la plus basse de son voile et le glisse derrière, jusqu'à sa bouche qui demeure masquée. Son mari, lui, mange sans aucun tracas. À ces femmes en noir dont on ne voit que les yeux, à leurs maris et à leurs enfants se mêle une foule de touristes qui portent autant le bermuda que la robe soleil. Il y a autant de styles que de sortes de poissons dans l'aquarium du Dubai Mall.

Je fais comme tout le monde ici, et je magasine. Je m'achète des shorts et des camisoles, compulsivement, comme si ma vie en dépendait. Je choisis également une robe, beaucoup trop chic, beaucoup trop décolletée et beaucoup trop dispendieuse pour mes besoins, et de jolis souliers noirs. Car oui, à Dubaï, dans l'immensité de l'hôtel où je loge, lorsque je me présenterai à l'un de ses nombreux restaurants, je désire me sentir belle et féminine.

Après mes achats, je hèle un taxi dans la rue.

Je lui demande de rouler vers trois centres commerciaux situés dans autant de directions différentes, ce qui me permet d'observer l'architecture de la ville. Non, je ne veux descendre nulle part.

Dubaï finalement, c'est du béton, quelques souks, la mer, des espaces démesurés pour magasiner et des hôtels.

Je réalise que je n'ai pas envie de visiter la ville. Je veux seulement être à mon hôtel, y manger, profiter de la piscine et m'habiller comme une jeune femme occidentale. Je ne sais pas trop quoi faire. Il y a soudainement beaucoup d'options, et devant cette multitude, je préfère demeurer dans un seul lieu.

En bikini près de la piscine où des Américains boivent au *pool bar*, bien cachée derrière mes lunettes de soleil, moi je me demande si je n'aurai pas quelques problèmes d'adaptation à mon retour à la Maison. En me gavant de crevettes, de saumon fumé et de fromages dans le buffet où l'on peut également boire à volonté, je m'interroge sur ce que je ferai une fois revenue au Village.

Dans ma chambre d'hôtel, je retire mes vêtements et je m'observe dans le miroir de la chambre.

— Qu'est-ce que je vais faire de toi ?

Je me glisse nue sous les draps blancs. J'aime la sensation sur mon corps. Je suis incapable de dormir nue à Kaboul, les bombes, les tremblements de terre, les roquettes, tout fait en sorte que je dois être prête à évacuer en tout temps. Peut-être que c'est le qui-vive constant qui explique ma grande fatigue.

Le *R&R* se termine. Je prends la route du Terminal 2 de l'aéroport de Dubaï.

Une jeune fille s'approche de moi :

— C'est ici, les départs pour l'Afghanistan ?

— Oui, c'est ici. Tu vas à Kaboul ?

— Je ne sais pas c'est où Kaboul.

— … Tu viens d'où ?

— De Somalie. J'attends mon ami.

Son ami arrive. Je suis certaine qu'ils ne se connaissent pas. Il entraîne la jeune fille à l'écart, et surtout, plus loin de moi.

Sans avoir pris mon vol, je suis déjà de retour en Afghanistan.

Les restaurants chinois de Kaboul ont la réputation de servir de bordels – pas tous, mais plusieurs. Et pas pour les Étrangers. Qui dit restaurant chinois pense immédiatement à prostitution en provenance de l'Asie. Mais la vulnérabilité, elle est partout, les escrocs également et les jeunes filles qui rêvent de meilleures vies aussi.

Cette jeune fille, probable qu'elle ne reverra jamais sa Maison.

*

— Après toi.

Je sors de l'ascenseur. Mon Collègue éclate de rire.

— Ici, on laisse passer les femmes en premier, comme ça si un tireur nous attend de l'autre côté les femmes se font tirer dessus et les hommes ont peut-être une chance de s'en sortir.

— Très drôle.

— Chez vous, on trouve ça romantique, laisser les femmes passer en premier, c'est galant. Ici, on est plus pragmatiques !

— Finalement, je te préfère de mauvaise humeur, comme dans la voiture.

— Je n'en peux plus de ces conférences...

Hier a eu lieu une conférence sur la paix et la reconstruction avec des représentants de plusieurs provinces du sud du pays, dans la salle de ce même hôtel, et aujourd'hui était organisée une conférence portant sur la réforme de la loi des médias et ses répercussions sur les journalistes, puis demain s'en tiendra une autre sur le rôle des leaders religieux dans la protection des droits des femmes.

— Cette loi qui sera adoptée par le Parlement a un impact majeur, tout de même, les journalistes peuvent être arrêtés sous prétexte de blasphème si leurs articles ne plaisent pas aux puissants. C'est quand même important que les gens qui travaillent dans les médias comprennent cette loi, leurs recours, non?

— Leurs recours? Qui va le défendre, tu crois, ce journaliste qui aura seulement voulu faire son travail et dénoncer une injustice? Un avocat dont le véhicule sera embusqué un beau matin? Qui va émettre un jugement favorable au journaliste? Un juge dont le fils sera kidnappé mystérieusement par « les talibans » et libéré contre une rançon exorbitante?

— Finalement, on fait tout ça pour rien...

— Les lois, elles servent présentement à éveiller les consciences, on peut pas juste basculer dans l'obscurantisme, mais au-delà de ça, disons que c'est plus difficile... En plus, les participants à cette conférence ne sont pas tous ici pour vraiment apprendre quoi que ce soit...

— Je sais pas c'que t'as aujourd'hui...

— Nous, on embarque dans le système que vous avez créé. Tu sais que les Afghans magasinent les conférences et ateliers auxquels ils vont participer selon ce qui est offert?

— C'est ta mauvaise journée qui se poursuit?

— C'est la réalité. Vous avez créé des « professionnels » de la participation à des formations. Ça peut être très payant, d'assister à des conférences. Par exemple, disons que tu es le directeur mal payé d'une petite organisation, tu vas aux conférences d'une grande organisation, qui te dédommage en afghanis pour tes frais de déplacement, qui t'offre le lunch dans un grand hôtel et qui parfois t'offre même un *per diem* pour couvrir d'autres dépenses ! Tu envoies ton personnel aux plus petites conférences, moins payantes, comme celle d'aujourd'hui.

— …

— Quand on vient de l'extérieur de Kaboul, c'est encore mieux, on peut amasser presque un mois de salaire pour une conférence de trois jours !

— C'est pas tout le monde, quand même, il y a des gens qui sont ici vraiment pour en tirer quelque chose…

— Ici, il y a les Afghans qui vivent dans l'horizon court : ils prennent tout ce qu'ils peuvent prendre maintenant, sans se soucier du futur, parce que du futur, ils en ont jamais eu. Il est de plus en plus incertain, d'autres exils se profilent à l'horizon et ils ne pensent qu'à accumuler pour sortir leur famille d'ici s'ils doivent le faire. Il y a les autres Afghans, ceux qui vivent dans un horizon plus long : ils voient l'avenir se dessiner, pour combien de temps encore, je ne le sais pas, mais ils se projettent avec leurs familles dans l'avenir de ce pays.

— Comme toi ?

— Comme moi. Je pense qu'un jour le pays va rebasculer dans la violence. Vous pourrez plus venir travailler ici, ce sera trop dangereux. Certaines de vos organisations vont rester au pays. Vous aurez besoin d'Afghans de confiance pour les diriger. Moi, mon plan, c'est ça.

— Merci, c'est gentil. T'attends qu'on parte ?

Mon Collègue éclate de rire.

— Au moins si ça peut te faire sourire une fois aujourd'hui…

— C'est vrai, quand vous les Étrangers vous serez partis, j'aurai une promotion !

Je demeure songeuse, bien calée dans ma Toyota Corolla, pendant tout le trajet du retour. Je suis prise dans un embouteillage inhabituel. Quatre policiers regardent, amusés, le trafic complètement arrêté à l'entrée de mon quartier. Derrière ma vitre montée malgré la chaleur, ma portière verrouillée et mon hijab bien ajusté, j'aperçois un homme qui pointe son revolver sur un autre assis sur une moto. Visiblement, l'homme tenant le pistolet est en colère. Le motocycliste accélère, tandis que son assaillant court derrière lui, l'arme toujours braquée vers sa cible. Il s'arrête à côté de moi. Je dis au Chauffeur que tout va bien, de ne pas s'inquiéter. Puis, l'homme au pistolet fait volte-face et retourne sagement dans son véhicule. Les policiers recommencent à contrôler la circulation, tout rentre dans l'ordre.

Les convictions. Être redevable. S'investir. Les mots me martèlent la tête qui me fait déjà très mal. Impunité.

Arrivée à la maison, je file immédiatement au lit avec une migraine.

*

Pour une des rares fois de ma vie en colocation à Kaboul, je me trouve seule à la maison pendant un soir de week-end. J'envisage positivement ce petit moment que je ferai complètement et entièrement mien. Qu'est-ce que je ferai, à Kaboul, seule à la maison ?

De la sauce tomate. Comme les gens ils font, au Québec, pendant les fins de semaine d'automne, lorsque le temps devient plus frais, que les journées sont pluvieuses ou ensoleillées, mais confortables, colorées. Belles. Parce que ce sont des journées de *chez nous*.

Auparavant, je dois déployer les différentes étapes de la préparation. Car faire de la sauce tomate à Kaboul nécessite un certain degré de planification. Tout d'abord, je fais entrer le *chowkidar* dans la maison, je lui remets des afghanis et je lui demande en dari d'aller m'acheter des tomates chez le marchand de légumes du coin. Pendant que le *chowkidar* est parti aux tomates, je compose le numéro de téléphone du livreur d'alcool :

— Bonjour, qu'avez-vous ce soir ?

— Du vin rouge, du vin blanc et de la bière.

— Le vin rouge, il est de quel pays ?

— D'Italie.

— Je le prends.

Les tomates arrivent. Je les fais tremper dans la solution chlorique quinze minutes. Ensuite, je les rince avec l'eau embouteillée. Puis, je les fais bouillir.

J'entends cogner à la porte métallique. Je me précipite à l'extérieur de la maison. Le livreur de vin arrive avec la bouteille, emballée dans un joli sac blanc orné de motifs de ballons et de serpentins de couleur lilas. Incognito. Quelle fête je me fais ! Je me demande dans quel restaurant ou dans quel bar il y a eu une descente hier pour que je puisse avoir accès à cette bouteille de vin rouge. Ou encore, quel stock de vin d'une organisation internationale s'est retrouvé sur le marché noir, et du marché noir au livreur d'alcool, et de lui à moi.

Parallèlement à toute cette opération, je cueille le basilic au jardin. Je regarde le basilic. Je me pose le moins de questions possible sur le fait qu'il est recouvert de vase alors qu'il ne pleut jamais, ou très rarement, sur Kaboul. Je remplis à nouveau un bol avec de l'eau embouteillée, j'y fais tomber quelques gouttes de chlore et j'y plonge les branches de basilic. Je vérifie dans le frigidaire : quelle est la date d'expiration du fromage feta iranien acheté la veille ? Excellente nouvelle, il n'est pas périmé depuis deux ans comme certains produits congelés.

J'ouvre mon ordinateur. Je sélectionne une liste de musique du Québec. Ma soirée débute avec *Lindberg*.

Avant de me changer, je prends bien soin de tirer les lourds rideaux du salon qui assurent un certain degré d'intimité à l'intérieur. J'enfonce un clou aux extrémités afin d'éviter tout jour qui permettrait aux *chowkidars* de jeter un coup d'œil à mes activités de l'extérieur. Je fais provision de chandelles pour parer aux inévitables coupures d'électricité. J'empile les *toshaks* du salon dans un coin afin de créer de l'espace et de pouvoir mieux bouger.

J'enfile mon jeans et un t-shirt moulant. Je me maquille. Je me regarde longuement dans le miroir et je souris. Une soirée de fête, une soirée pour moi toute seule, des retrouvailles avec moi-même, sans retenue.

Richard Desjardins me demande *Tu m'aimes-tu ?*

Moi oui en tout cas, moi je t'aime.

Je me sers un verre de ma bouteille de vin rouge d'Italie. Il est bouchonné.

Aucune importance.

Je me sers un second verre.

J'en ai vu d'autres et j'en ai besoin.

Probablement à cause des tomates, je repense à cette visite de toi maman, dans le Vieux-Québec.

— J'y pense, ton coloc, j'espère qu'il a pas fouillé dans mes affaires pendant qu'on était parties ? C'est pas un pervers, il aurait pas regardé mes petites culottes ?

— T'as oublié, y est en Jamaïque toute la semaine…

— Ça va revenir avec du pot, tu sais pas dans quoi tu t'es embarquée ma fille, t'en aller vivre de même avec le premier venu…

— …

— As-tu vu à l'épicerie tantôt la femme qui touchait à toutes les tomates, pourquoi qu'elle en choisissait pas juste une, qu'est-ce qu'a l'avait à toutes les toucher ? Imagine tout le monde avant elle qui a touché aux tomates. Quand je pense à ça. Au Village au moins on connaît tout le monde, on sait d'où vient le monde. Me semble que les mains du monde du Village, c'est pas pareil comme les mains du monde de Québec, c'est plus propre.

— On va être correctes maman, avec les concombres du jardin de la Maison.

— Une chance que j'ai apporté le poisson que ton père a pêché, je sais pas ce qu'on aurait mangé. Ton coloc, j'espère qu'il n'a pas des maladies qu'on connaît pas, les fourchettes sont bien lavées ici ? J'ai pas apporté d'ustensiles, moi.

— Il a juste des maladies qu'on connaît et il lave la vaisselle avec ben du savon maman.

— Vivre comme ça franchement, ç'a pas de bon sens.

Je ris toute seule dans mon salon. Non mais quelle bonne blague.

Incroyable.

Je ressens un besoin primitif de défoulement, de me laisser exploser, de me foutre du monde, j'ai un besoin pressant de ne pas faire preuve de retenue et de modestie, de ne plus sourire, de n'avoir rien à rédiger, de ne pas avoir à agir selon les convenances, de ne pas être obligée de courir après quelque chose poliment. Je veux faire la fête en chantant en français jusqu'à écroulement dans un *toshak* du salon, complètement soûle. Je veux me sentir comme à la Maison.

J'avale mes pâtes à la sauce tomate en vitesse.

Verre de vin.

J'ai peur d'en manquer.

Je gueule la chanson *Fourrer* de Mononc' Serge dans mon salon à Kaboul :

— J'ai tout essayé pour rentrer dans les normes de la bonne pensée socialement acceptée...

Je crie haut et fort :

— J'ai-be-soin-de-four-rer. Surprise tout le monde, je me fous de ce que vous pouvez bien en penser, j'ai envie de me mettre.

Et je chante autre chose par-dessus la musique :

— Fuck off les problèmes de bureau, fuck les trahisons des collègues, fuck la bulle des expats, fuck les conventions des Afghans, fuck les gars fuckés, fuck la réalité, avoir une vie sexuelle régulière qui a de l'allure à Kaboul, ça se peut presque pas, chus pus capable.

J'enchaîne avec Beau Dommage et *Le Picbois* :

— Tape-moi su' ma tête de bois, picbois j'veux pus m'en aller : mais faudra ben que j'parte d'ici un moment donné, qu'est-ce que j'vais faire quand j'vais rentrer ?

Le vin aidant, et avec *Je reviendrai à Montréal* de Charlebois, je commence à devenir sentimentale :

— J'm'ennuie de ma Mère, j'veux voir mon monde, j'pense que j'm'en viens fuckée, mais qu'est-ce que j'vas faire, mais qu'est-ce que j'fais ici, j'avais pas d'affaire à m'embarquer là-dedans, fuck le Plan, c'tait un Plan-de-marde.

Fuck-le-Plan. Fuck-le-Plan. Fuck-le-Plan.

Je manque d'alcool. J'ai besoin de continuer à chanter, à boire, quitte à me vomir dessus.

Ça tombe bien, mon Collègue m'a refilé discrètement une bouteille de plastique remplie de *kishmishi* – de la bagosse afghane, qui goûte le délicieux raisin vert de la plaine de Shomali. C'est un secret bien gardé, mais ce n'est pas une légende. *Kishmish*, en dari, c'est le mot pour « raisin ». Je me dis qu'elle est bien faite, la vie. Et ensuite, je ne me dis plus rien.

Pour se détruire les idées qui se bousculent, le *kishmishi*, c'est parfait.

*

Quand je suis partie, je me suis dit que j'allais enfin réussir à aller le plus loin possible de toi.

Une réussite totale, sur toute la ligne.

C'est mon constat, alors qu'on file en voiture vers Band-e-Amir, à quelques heures de route de Bamyan, en écoutant une cassette de Mohammed Rafi et de Lata Mangeshkar, stars du Bollywood des années 1950. Dans l'immensité de l'Afghanistan, il y a des maisons éparses, des campements de nomades et quelques motos.

Le bout du monde. C'est là où je voulais aller, c'est là où je suis maman.

Le plus loin possible de toi.

Je me sens libre. C'est beau. Immense. Le paysage est aride, fait de gravier et de sable.

On s'arrête à la *chai khana*, sorte de truck stop afghan, pour un déjeuner fait de *kaimaq*[14], de *naan* et

14. Produit laitier fermenté. Dans ce cas-ci, il s'agissait d'une croûte mince pouvant être trempée dans le thé.

de *chai*[15] noir au lait. Les *toshaks* sont chauffés par les fours qui se trouvent dessous.

À Band-e-Amir, une série de lacs turquoise en palier protégés par l'UNESCO, c'est le festival de la route de la soie – des milliers d'Afghans sont installés pour pique-niquer. Les gens ont l'air heureux, ils sourient, ça grouille de partout. Il y a de la musique, des cerfs-volants et des pédalos. On sirote des boissons gazeuses servies dans de petits sacs de plastique avec une paille, dont le bout est attaché avec un élastique. Les hommes se baignent dans les eaux turquoise, les femmes les regardent se baigner. Les jeunes garçons se déshabillent et se lancent à l'eau, moi et ma coloc on garde nos hijabs et on fait comme les femmes afghanes : on regarde. On sort le melon, avec la chaleur et après le petit-déjeuner copieux, ça suffit. On relaxe. On rigole.

C'est comme ça que ça se passe, au bout du monde.

Des gens sont venus de toute la province de Bamyan, et même d'ailleurs, c'est tout à fait normal d'être à Band-e-Amir cette fin de semaine. Personne ne se pose de questions sur la sécurité. On a installé sa femme et ses enfants dans la voiture, ou on a enfourché sa moto de montagne avec les copains. On a apporté le cerf-volant, attrapé des *bolonis* en chemin ou emballé les *ashaks*[16] préparés la veille. On sort de chez soi, simplement.

À notre retour à Bamyan, j'observe la ville : c'est un village agricole, nommé capitale provinciale. En

---

15. Thé.

16. Sorte de raviolis afghans aux poireaux.

plein milieu de la ville, il y a de jolis petits champs cultivés. Parfois, on voit des maisons en terre battue, encore bien solides, bien entretenues, avec de vraies fenêtres munies de vitres. Parfois, les maisons sont plus modernes, en ciment, colorées.

À Bamyan, on peut marcher dans la rue. Le centre-ville ne tient qu'à une artère principale, un bazar animé, avec quelques restaurants, des pharmacies, des kiosques à biscuits et autres boutiques de vêtements. On explore le bazar comme on aurait souhaité pouvoir le faire dans tous les coins de Kaboul, achetant des biscuits inconnus, des fruits et, pour le plaisir, du sirop pakistanais en pharmacie. On traverse le champ pour gagner la route qui mène aux cavernes vides des grands bouddhas de Bamyan. On emprunte le réseau d'escaliers labyrinthique pour monter au sommet de la cavité. Et de là, on regarde Bamyan.

En rentrant à la maison d'hôtes, nous sommes accueillies par le propriétaire, vieil Afghan de la *hippie trail*, qui nous parle des années 1970 dans la vallée. J'imagine cette époque où les hippies fumaient des joints en regardant les grands bouddhas de Bamyan. Ceux que les talibans, sous les ordres du mollah Omar, ont bourrés d'explosifs. Notre hôte, il raconte plusieurs histoires et je veux pas savoir ce qui est vrai ou pas. Il dit que les talibans ont choisi quelques hommes de Bamyan au hasard et les ont forcés à attacher la dynamite aux grands-bouddhas-millénaires. Ce serait également ces hommes anonymes qui, tenus bien en joue, auraient allumé les explosifs.

On a rendez-vous avec le Collègue dont la famille habite quelque part dans la vallée. Il vient nous prendre dans un minivan bondé d'enfants, et on roule dans la bonne humeur, en partageant des noix. En chemin, l'équipage s'arrête pêcher à une rivière. On pourrait se trouver dans n'importe quelle forêt du Québec. Truite mouchetée incluse.

En traversant la vallée de Dokani, je me dis que dans les vallées à l'extérieur de la ville de Bamyan, le paysage est immense. Comme s'il se déroulait devant nous à mesure qu'on avance. Et il y a beaucoup de ciel. On voit loin, même si le regard s'arrête parfois avec les montagnes. Elles sont sèches, les montagnes, en cailloux, en roches.

La vallée, elle a les couleurs des champs du Québec en été. L'hiver, ils en subissent le même climat. Je reconnais toutes les cultures : il y a du maïs, du blé, des pommes de terre.

Et des gourganes. Je me sens rassurée.

Je suis sous le charme de la quantité de *qalas*, ces anciens fiefs, sorte de petits châteaux en terre battue qui parsèment les champs. Je suis convaincue qu'ils sont pleins de gourganes.

Parfois, une portion de la *qala* est effondrée. Certaines ont des vitres, mais d'autres *qalas* n'en ont pas. Je vois également des maisons troglodytes, creusées à même les parois rocheuses. Par endroits, un rideau fait office de porte. S'agit-il des caveaux pour la conservation des légumes ? « Ça dépend pour qui. »

Le charme se rompt. Nous sommes dans un climat comme celui du Québec. Des gens vivent dans des grottes ou dans une maison de terre battue. Là, rien ne va plus. Je ne comprends pas… Pourtant, je me dis, ça fait des années que la région reçoit de l'aide internationale. Que le commerce a repris. Des gens habitent toujours dans des maisons troglodytes ? Certaines *qalas* habitées de la vallée n'ont pas de fenêtres ?

J'ai mal. Mal à Bamyan. C'est intouché. C'est inconcevable. Comment c'est possible ? J'ai devant moi le Québec du début du XXe siècle.

Nous sommes accueillies dans la famille de notre Collègue, côté paternel, dans une *qala* – je découvre qu'il est petit-fils de *khan*, sage du village. Je me retrouve à l'intérieur de ce petit château en terre battue. Nous prenons place dans une annexe construite à même les restants de la *qala*. Alors qu'on me sert une soupe aux gourganes, je me fais la réflexion qu'ici, surtout, la soupe aux gourganes, elle signifie l'abondance de la récolte, la survie. On peut regarder l'hiver qui s'en vient avec confiance.

Mais le *khan*, il nous raconte que sa famille s'inquiète pour l'avenir. Le *khan*, il explique :

— Les gens de Bamyan, ils paient chèrement leur pacifisme. L'argent du développement, il est allé au sud vers Kandahar, et à l'est, près du Pakistan. Là-bas, vous les Étrangers, vous avez soutenu la construction d'écoles qu'on ne peut pas entretenir, la formation de professeurs qui sont des islamistes, vous avez construit des cliniques où les femmes ne peuvent pas aller, des canaux d'irrigation qui ne servent qu'à abreuver les troupeaux des puissants locaux… À croire qu'on aurait dû prendre les armes nous aussi. Peut-être alors nous aurait-on aidés… Ce sont ceux qui ont du sang sur les mains qu'on a enrichis, les talibans qu'on a renforcés, les seigneurs de guerre et de l'opium qu'on a favorisés. Pas les communautés agricoles de Bamyan qui vivent toujours dans leurs maisons de terre battue.

Le *khan*, il insiste :

— Vous autres les Étrangers, faut pas partir – faut sortir des provinces qui ne sont pas stables. Nous on veut vivre en paix. Retourne au Canada – c'est où le Canada ? Proche des Américains ou des Russes ? Dis-leur qu'il faut pas que les talibans reviennent et que ce sont ceux qui veulent vivre en paix qu'il faut aider.

*

Si la connexion internet avait été fonctionnelle en rentrant de Bamyan, si j'avais pu te parler maman, sur Skype, voici ce que je t'aurais dit :

— *Ta délicieuse soupe aux gourganes, tu sais ta recette, celle que tu tenais de Mère Grand ? Ils la connaissent aussi à Bamyan, ta recette, tu as fait la* hippie trail, *dis-moi maman, tu es venue jusqu'ici pour enseigner des gourganeries à un vieux khan de la vallée de Dokani ? J'ai toujours pensé que la gourgane était un légume très étrange, j'ai toujours été convaincue que nous étions les seuls au Village à connaître l'existence de la gourgane et à en manger. Peut-être que toutes les familles du Village qui connaissaient Kadhafi mangeaient aussi de la soupe aux gourganes ? Peut-être que c'est parce que les Afghans ils connaissent les talibans qu'ils mangent également la gourgane ? Tu crois, dis-moi maman ? C'est quand on a peur des méchants que la gourgane elle vient nous protéger ? C'est pour ça qu'elle existe, la gourgane, pour nous réconforter ?*

Est-ce qu'elle peut me bercer la gourgane, dis-moi maman ?

Je pleure dans ma chambre. J'ai un coup de blues pas possible. J'ai envie d'être à la Maison.

*

Je peux fièrement annoncer à l'Ami que mon dari est maintenant suffisamment bon pour que j'aie pu comprendre une autre stratégie du comptable pour voler l'agence.

— *Il a tendu 40 dollars US au gars qui préparait la facture au restaurant, en lui disant d'écrire 50 dollars US. Il a fait la même chose à l'hôtel avec un montant pas mal plus important.*

— *Il met la différence dans ses poches ?*

— *Exact. Au nombre de transactions qui se brassent dans une semaine, ça doit faire un pas pire revenu d'appoint !*

— *Comment vous l'avez coincé ? Je te pose la question pour avoir une explication logique si tu te fais descendre…*

— *On a changé la plupart de nos fournisseurs de services et on a embauché un chef des opérations responsable de l'approvisionnement. Il a compris. Il a démissionné sous prétexte d'avoir trouvé un poste beaucoup plus payant.*

J'accompagne la députée dans la maison de vacances de sa famille, dans la plaine de Shomali. L'équipage comprend son frère, qui est au volant, et deux hommes qui sont assis dans la boîte du pick-up noir, le *shalwaar kameez* au vent, le *shemag*[17] enroulé autour du cou, la kalachnikov et la ceinture de balles bien en vue. Sur la route, on achète des *bolonis* à un kiosque, constitué d'une table et d'un banc en bois, servis dans du papier journal pour absorber une partie de l'huile de cuisson. Puis, on nous fait signe de nous arrêter à un point de contrôle. J'entends les militaires donner des ordres en français à un interprète afghan qui les traduit en dari. Ce sont les Belges. L'escorte armée de la députée ne pose aucun problème. Nous poursuivons notre route.

La députée prend la parole :

17. Le *shemag* est à la base un foulard à carreaux porté par les hommes sous forme de turban. Le *shemag* est souvent blanc et noir et il sert également à se masquer une partie du visage sur la route pour éviter la poussière et le sable.

— Quand j'étais enfant, la plaine de Shomali, c'était une plaine fertile où on faisait pousser le raisin. La route qui traversait la plaine était bordée de grands arbres verts. Lorsque les Soviétiques sont arrivés, ils ont eu peur que les grands arbres cachent des *moudjahidin*. Alors ils ont coupé les grands arbres. Ensuite, les talibans sont arrivés. Les gens qui cultivaient le raisin dans la plaine de Shomali étaient favorables au commandant Massoud, puisque la route qui traverse la plaine de Shomali mène à la vallée du Panshir, son fief. À l'époque, les raisins verts de Shomali alimentaient également de petites productions locales de vin. Juste avant que mon père ne prenne la décision de partir en exil au Pakistan, les talibans ont détruit toutes les cultures, toutes les vignes, toutes les fleurs.

Plus on s'éloigne de Kaboul, plus les kiosques en bordure de la route se font rares. La plaine s'ouvre devant nous, immense et verte. On voit ici et là de petites *qalas* à demi effondrées. À d'autres endroits, on distingue les murs en terre séchée encore solides qui ceinturent des maisons récentes, mais modestes, auxquelles on a posé des fenêtres.

— Tu vois là-bas ? Ce sont des serres. Les roses de la plaine de Shomali sont légendaires. Et là également, il y a en d'autres. Regarde les vignes ! La plaine reprend vie.

— Et là, sur la gauche, c'est une fabrique de briques, non ?

— Oui. Il faudra bien du matériel pour reconstruire, dans la plaine.

Nous quittons la route principale goudronnée. Le véhicule cahote sur un étroit chemin en terre battue. Toujours ce même paysage, qui oscille entre aridité et verdure. On voit de plus en plus de vignes, poussant en rangs serrés. Nous rejoignons une minuscule maison d'une seule pièce. Le soleil, maintenant haut dans le ciel, est éclatant. La députée et moi, nous prenons place à l'intérieur, qui est frais.

Elle parle avec beaucoup de tendresse de ce morceau de terre qui appartient à sa famille et qui lui rappelle son enfance. Son frère a demandé à une famille afghane vivant non loin de sarcler la terre, de semer et de récolter. Cette famille démunie, qui n'a pas de terre, en échange de son labeur, se nourrit à même le jardin.

J'engage la discussion.

— Cette manifestation en soutien au projet de loi sur lequel tu travailles, elle s'est bien passée ?

— Les femmes étaient au rendez-vous ! C'est une bonne chose que les mesures de sécurité pour les Étrangers aient empêché votre présence à la manifestation… Déjà qu'il est sensible, ce projet de loi contre la violence faite aux femmes, les éléments radicaux nous accusent d'être à la solde des Occidentaux et de menacer la culture afghane…

— C'est vrai qu'ici quand on veut maintenir le *statu quo* pour les femmes, on parle de culture afghane… La plupart des pays musulmans ont déjà ce type de loi, quand même…

— C'est ce que nous faisons valoir.

— Depuis que je suis arrivée ici, ce que je comprends, c'est que c'est très mal vu pour une femme d'avoir de l'aide à l'extérieur de sa famille, surtout si elle se trouve seule en présence d'un homme, même si c'est pour des services de médiation familiale. Ça peut se retourner contre elle, elle peut se faire accuser d'adultère.

— Et l'appareil judiciaire n'est pas prêt à rendre des décisions sur des cas de violence, enfin les communautés non plus ne sont pas prêtes à entendre des jugements punitifs, pas partout en tout cas... Les conflits familiaux sont souvent résolus par voie de médiation... Les femmes victimes de violence sont réintégrées dans leurs familles, une femme seule dans ce pays, sans le soutien du noyau familial, c'est impensable.

— Il y a des jours où je me demande bien par quel bout prendre tous ces défis...

— C'est comme Shomali : il faut planter des vignes qui pousseront, lorsque leurs racines seront solides et bien profondes dans la terre fertile, alors elles donneront du raisin. Il faut commencer quelque part.

*

J'ai besoin de parler. J'ai comme un trop-plein, je suis écœurée, j'ai besoin de l'Ami.

— *Vas-y, raconte. Qu'est-ce qui se passe dans ta vie glamour de fille qui travaille à Kaboul ?*

— *C'est pas mal glamour, oui, je suis allée dans une clinique d'aide juridique qui est dans un container à Kaboul, y fait chaud que'l'crisse là-dedans…*

— *Ça change d'un bureau coin Saint-Denis et Mont-Royal à Montréal, non ?*

— *Pour ça… Ma collègue me raconte qu'une jeune femme a été voir le couturier avec sa mère et le rusé et vilain monsieur a pris son numéro de téléphone et a donné rendez-vous à la belle dans sa boutique. La fille arrive, il la viole, la fille paniquée et blessée retourne chez ses parents pour confesser la chose. Les parents débarquent chez le couturier pour corroborer la version de leur fille : ce qu'ils veulent savoir, c'est si le couturier a bel et bien violé leur fille par pénétration anale. La réponse est oui. Ils sont soulagés. L'honneur de la famille est sauf, la famille va pouvoir marier la fille. C'est dégueulasse, pis là-dedans, la fille a peut juste être contente de pas avoir été reniée par sa famille, imagine la belle option, toi !*

À ce moment précis, j'entends des hélicoptères. Je pense à Kadhafi et j'ai un mauvais pressentiment. Ça commence à être malcommode, d'associer les hélicoptères à Kadhafi, parce que des hélicoptères, il en manque pas ici. Il y en a même de trop.

— *T'as pas accès à des services d'aide psychologique, toi ?*

— *T'es pas à l'aise, excuse-moi, je voulais pas t'embêter…*

— *Non, mais c'est pour toi, des histoires de même à cœur de journée, ça doit finir par rentrer d'dans, non ?*

— *Ben, j'sais pas trop, c'est toujours de même, fait que je m'en rends pas vraiment compte.*

*

Toute la maisonnée se lève de bon matin. On reçoit à la maison le personnel de l'agence et des connaissances, autant afghanes qu'étrangères, pour un barbecue de jour. Nous accueillons une nouvelle venue. Elle va gérer un important projet de renforcement des médias afghans : gestion d'un média, formation de journalistes, création de médias et utilisation des nouvelles technologies.

Les *chowkidars* arrosent déjà la terrasse poussiéreuse en marbre et les meubles d'extérieur en osier. Ensuite, ils dirigent le jet d'eau vers l'herbe et le minuscule jardin. Nous nous y prenons à deux pour sortir les tapis pour les étendre sur la terrasse, avec les *toshaks*. Nous avons oublié d'acheter le Pepsi et le *chai watani*[18], on dépêche aussitôt un *chowkidar* au kiosque pour faire les achats.

18. Littéralement « thé du pays ». Désigne le thé local, celui qui est le moins coûteux.

Le soleil est déjà chaud. Le ciel est bleu. On aperçoit poindre au-delà des murs les cerfs-volants des voisins. Il règne une douce fébrilité. C'est un événement, pour le personnel de soutien – chauffeurs et cuisinières – que d'être invité à la maison de « la patronne » pour partager le repas. Ici, les classes sociales ne se mêlent pas. Pour les autres collègues afghans et pour les connaissances étrangères, c'est normal.

Le Chauffeur arrive fièrement avec le barbecue – un réceptacle de forme rectangulaire en métal, du charbon et un éventail pour attiser la braise. Les *chowkidars* le rejoignent pour l'aider à le préparer. Les hommes, au fur et à mesure de leur arrivée, s'agglutinent naturellement autour du barbecue pour s'occuper de faire griller les kebabs.

Mon dari étant plus avancé, j'entends les hommes qui parlent des investissements qu'ils ont faits sur des terrains non loin de Kaboul. De la probabilité d'autres exils au départ des troupes internationales. Des problèmes de la Banque afghane.

Les femmes se retrouvent entre elles, assises à l'ombre sur les *toshaks*, préparant les *ashaks* tout en discutant. Avec l'arrivée de la députée et de l'enseignante, la conversation se fait plutôt politique.

C'est très protocolaire : on arrive, on cuisine, on discute.

Je suis immédiatement fascinée par notre nouvelle collègue. Elle a la soixantaine avancée, avec toute la vie imprimée au visage : ses rides sont profondes, définies et nombreuses. Ses grands yeux bleus affichent une parfaite nonchalance, son attitude, le détachement de ceux qui ont trop vécu. Logée à l'hôtel depuis trois jours, elle n'a aucune curiosité pour Kaboul, comme si elle y avait toujours été, et son intonation ne laisse transparaître aucune passion pour son travail. Elle se présente avec un air indifférent, monologuant, avec un fort accent du sud des États-Unis, sur une suite ininterrompue de grands événements historiques et personnels qu'elle a traversés, du palu cérébral en Afrique de l'Est en 1970 au coup d'État chilien de 1973, puis sur son travail comme logisticienne pour une ONG humanitaire lors de la guerre Iran-Irak et sur son affectation au Liban. Elle a déposé ses pénates en ex-Yougoslavie, tâté du génocide rwandais avant de se voir propulsée à la tête d'un énorme financement américain pour la reconstruction en Iraq. Et maintenant, elle échoue en Afghanistan.

Je me projette à soixante-cinq ans, seule, naviguant d'un conflit à l'autre, ayant manqué les dernières minutes de la vie de mes parents, les premières années de vie du fils ou de la fille de l'Ami, la cigarette pendouillant au bout de mes lèvres défraîchies, les cheveux blanchis par l'adrénaline, jaunes de fumée, sans teinture de qualité disponible à proximité. Le désir des hommes éteint depuis des années à force d'avoir trop baisé sous les bombes et de ne plus vibrer de l'attirance pour un homme rencontré banalement dans un café. La nonchalance vis-à-vis du conflit et de ses horreurs, vis-à-vis des failles du développement international, de l'incapacité de me révolter contre des systèmes qui enrichissent les escrocs locaux et les experts internationaux, qui ne changent que trop rarement la vie du vrai monde. Ne réalisant pas le privilège que j'ai de faire ce boulot, de jouir de mon salaire exorbitant et de mon mode de vie unique, entourée de gardes, de femmes de ménage, de chauffeurs et de cuisinières, n'ayant plus le souvenir de ma vie *d'avant*, de la vie *normale*. Ne croyant plus pouvoir changer le monde, mais présumant qu'il m'est redevable de quelque chose.

N'ayant plus de curiosité pour rien, ayant trop vu en refusant de voir. Désabusée, sans le savoir.

La vie inscrite sur mon visage, marquée par tous ces chaos qui ne m'appartiennent pas. Mais que je crée, désormais, pour pouvoir continuer à vivre. À me survivre.

Ma nouvelle collègue prend la parole :

— Lorsque ma mère n'en a plus eu pour longtemps, la famille m'a avisée à la dernière minute, et pour me convaincre de partir, je ne sais plus trop j'étais dans quel pays, mon frère m'a dit que maman voulait attendre mon retour, imaginez-vous, quelle idée ! J'ai été forcée de partir presque seulement avec mon *grab bag* ! Mes vols ont tous été retardés pour des raisons météorologiques, fallait pas lui faire croire, à ma mère, que je pouvais avoir le temps de revenir avant qu'elle meure, elle-même devait bien s'en douter que c'est long, rentrer au pays, franchement, quelle idée, d'autant plus que ça faisait plusieurs années qu'on ne s'était pas vues, elle refusait de me contacter via Skype, et au prix des appels interurbains des pays où nous travaillons vers l'Amérique, enfin on téléphone à Noël et ça va, finalement ma mère est morte alors que j'étais dans l'avion pour la rejoindre.

Non, je ne veux pas devenir cette femme.

Je ne le *peux* pas.

Hommes et femmes se réunissent sur les *toshaks* pour partager le repas.

Puis, on mange, on prend le thé et on repart.

Avant de quitter la maison, mon Collègue me prend à part et me dit :

— Tu sais, tu vas partir un jour. Ta vie elle n'est pas ici. Nous, on a l'habitude des Étrangers de passage. Des gens comme elle, qui viennent faire chez nous ce qu'ils ont fait ailleurs, dans d'autres pays en guerre. Des gens qui vont faire leur projet, leur travail, mais qui au fond ne se soucient pas tellement de notre pays.

— …

— Il y a des gens comme toi, comme le personnel de l'agence, comme beaucoup d'autres, qui sont venus parce qu'ils voulaient réellement nous aider, qui ont de bonnes intentions. Nous, les Afghans, nous allons rester.

Décidément, ce pays a tout pour lui. En plus des tremblements de terre, des talibans, de la pauvreté, des radicaux, des exilés, il a son lot d'Étrangers en mal d'eux-mêmes.

— C'est à nous de prendre en mains notre pays, notre reconstruction.

Je jette un coup d'œil à la députée et à l'enseignante qui quittent les lieux. Au moins, à mon arrivée, je n'avais pas d'ambition particulière, je voulais seulement fuir ma Mère.

En ce sens, j'ai beaucoup accompli.
Mais il y a désormais autre chose en moi.
L'Afghanistan m'a changée.

DEUXIÈME PARTIE

*

Ils étaient tous venus m'accueillir à l'aéroport. Tout le monde parlait par-dessus tout le monde, je ne m'y retrouvais pas du tout.

Le Tonton Anarchiste gesticulait, avec ses lunettes de plus en plus épaisses, tout en tenant Mère Grand par le bras.

— Le printemps érable, la révolte des étudiants, c'est l'Anarchie, la Révolution, le Chaos social.

— En tout cas là les trois qu'on voit toujours, y ont don ben d'l'allure. On voit que ça vient de bonnes familles.

— À bas les bandits, dehors les destructeurs d'État…

— Le p'tit Léo, il est don ben beau, ce p'tit gars-là…

— … le peuple se réveille, peuple de tapeux d'pieds, mangeux d'beans, aux chaudrons, toutes ! Sortez ! Baisez ! Manifestez !

— … toujours très propre, de bonne famille, pis fier à part de ça.

— Pas d'australopithèques au pouvoir !

— Et qu'il est don bien mis.

— On en a entaillé des érables pendant des décennies, on a fait du sirop pis de la tire à la cabane, vous aimez ça prendre des décisions folkloriques, on va vous les sortir, nos chalumeaux, y va en couler de la sève. Peuple à genoux, à vos chalumeaux, toutes ! Faites couler de la sève de RÉ-VO-LU-TION.

— Ç'a-tu du bon sens de parler comme ça, on est en public, fais don attention un peu, eh que t'es pas fier, c'est pas comme le p'tit Léo…

— À bas les primates !

Les conversations étaient décousues, ça partait dans tous les sens, on apostrophait les autres familles, les autres passagers, c'était dysfonctionnel. Avec le décalage, j'étais exténuée.

Pendant ce temps-là, mes parents se dévoraient langoureusement des yeux, se racontant je ne sais trop quoi qu'ils auraient pu se raconter pendant le trajet du Village jusqu'à l'aéroport, mais non, ils faisaient ça devant moi, comme si ça m'intéressait, de les voir s'aimer. Depuis quand s'étaient-ils retrouvés ?

J'aurais pu ne jamais débarquer de l'avion en provenance de Kaboul et ça aurait fait pareil.

J'aurais dû rester là-bas.

Je me demandais finalement pourquoi on avait décidé de venir me chercher.

Ma famille m'entourait, mais j'étais pas dans le portrait de famille.

*

Sur l'autoroute, les voitures se suivaient, docilement alignées. L'asphalte était beau. Le nouveau pick-up de mes parents, confortable.

— Alors, raconte !

— J'ai déjà pas mal tout raconté par Skype, on s'est parlé souvent, quand même.

— Y a sûrement des choses que tu as oublié de nous dire ?

— …

— En tout cas, imagine, cette semaine ce sera la conférence d'un grand mycologue français au Village, c'est plein, plein, plein, j'ai dû refuser des participants ! À croire que tout le monde s'y est mis au Village, à la mycologie. Moi bien entendu, je ferai une modeste présentation. Faut t'attendre à avoir de la visite à la Maison !

— Je trouvais que Mère Grand elle avait la tête un peu en flottement, pourquoi ?

— Oh, la vieillesse, tu sais…

Au Village, Papa a pris le Boulevard. Lorsque le Boulevard a commencé à se courber, j'ai aperçu son toit rouge, entre les arbres, derrière la haie : la Maison. La voiture s'est engagée dans l'allée en forme de demilune et j'ai entendu les pneus crisser sur le gravier. Je savais que nous étions arrivés. J'aurais pu avoir les yeux fermés, je l'aurais su au son, à la sensation. J'ai regardé chacun des arbres, je les connaissais, je voyais leurs branches et leurs blessures. Je savais que mon Père avait dû abattre les trois ormes qui avaient un temps abrité ma cabane, à laquelle j'accédais par une échelle. Je voyais le trou laissé par leur absence, mais tous les autres y étaient.

Je suis descendue du pick-up avec ma clé de la Maison, celle que j'avais précieusement conservée avec moi dans mon *grab bag*, avec mon passeport et quelques dollars américains.

J'ai monté les cinq larges marches peintes en vert. J'ai mis ma main sur la poignée de porte principale et je l'ai immédiatement reconnue. Elle portait l'empreinte de mes doigts. J'ai appuyé vers le bas et j'ai poussé. J'ai été assaillie par l'odeur de vieux bois, de renfermé, toute ma vie était là.

Je savais d'où je venais.

Les larmes coulaient le long de mes joues. Je savourais le moment et mes parents me regardaient le savourer.

J'ai fait un pas vers l'intérieur. La large planche de bois teinte à l'huile de lin a craqué au même endroit, là où ça craquait d'aussi longtemps que je me souvienne. Je me suis assise sur le récamier fleuri à gauche de la porte et j'ai regardé le salon, ses murs et ses plafonds à caissons, jusqu'à la porte au fond qui donnait sur l'ancienne salle de jeux de mon enfance. Mon regard est revenu sur l'âtre en pierres des champs, sur l'ancien fusil, accroché juste au-dessus, puis il a erré au-delà de l'arche, vers la salle à manger avec sa grande table de réfectoire où nous prenions les soupers de grandes occasions. Il était trop tard pour manger, mais quelque chose me disait que la table était déjà mise pour le lendemain.

Je ne pouvais pas être n'importe où dans le monde : je pouvais seulement être à la Maison.

C'était fini.

*

J'ai ouvert les yeux dans une chambre jaune.

Je distinguais la lumière du jour entre les rideaux blancs à fleurs jaunes et vertes, mais je n'entendais pas l'appel à la prière.

J'ai repoussé mon édredon assorti aux rideaux et je me suis assise sur mon lit. J'ai posé le pied sur le plancher de bois et je me suis donné un élan pour me lever.

En me levant, j'ai entendu le plancher craquer.

J'ai tourné la poignée en porcelaine blanche de la porte de ma chambre. Je me suis avancée dans le corridor en effleurant des doigts les livres de la bibliothèque. Pour le plaisir, j'ai saisi un livre au hasard et j'ai laissé glisser les pages sous mon pouce pour en respirer l'odeur, mélange de poussière et d'humidité.

Je suis descendue à la cuisine par l'escalier étroit peint en brun.

Immobile devant la fenêtre à carreaux, je regardais dehors. C'était tranquille, sur le Boulevard.

J'ai versé de l'eau dans un chaudron pour la faire bouillir, je me suis souvenue que la cuisinière était électrique et non au gaz, puis je me suis assise à la table sur l'une des chaises Hitchcock. Absolument rien n'avait changé.

— Tu sais, tu peux utiliser une bouilloire pour l'eau…

Ma Mère s'est assise à la table, souriante, bienveillante, calme.

Moi, j'étais agitée.

— Tu peux rester ici aussi longtemps que tu veux, j'ai lavé ta chambre au complet avant que t'arrives et puis tu pourrais aider ton père avec le jardin cet été. On pourrait même t'embarquer dans le pick-up pour aller faire un tour. Et c'est certain que la mycologie, ça court dans notre génétique…

— Hein ? C'est drôle tu m'as jamais parlé de ça…

— Ce que je veux dire, c'est que, aimer les champignons, c'est de famille, juste à regarder le Tonton Anarchiste, on voit tout de suite, en fait, il faut juste trouver comment canaliser cet amour végétal pour qu'il puisse s'exprimer à la face du monde, il faut se laisser envahir doucement, bien sentir toute la force éruptive qui se construit à l'intérieur de nous, dans un endroit bien entendu propice pour que la révélation s'opère…

— … Genre la Maison, j'imagine…

— Le mycologue français m'en parlait justement, la Maison, quel cadre féerique – rien de moins, qu'il disait, un cadre féerique, et il vient de France, le mycologue, c'est pas rien – pour cheminer mentalement vers la mycologie, et les bois autour du Village, l'habitat du champignon, terreux, tourbeux, j'ai failli m'enraciner là-bas, devenir végétale, tu vois, tu m'aurais retrouvée m'étendant verdissante, brunissante, ascendante vers l'infini…

Je regardais ma Mère qui avait les yeux fermés, les deux paumes ouvertes vers le ciel et qui prenait de grandes respirations.

— Euh… maman, ayoye, es-tu correcte ?

Elle a ouvert les yeux d'un coup sec et m'a regardée, visiblement déçue de réaliser que je n'avais pas eu cette grande révélation.

— … Tu le sais pas encore, mais tu as une grande passion à l'intérieur de toi, qui ne demande que ton abandon…

— Ah, me semblait. Laisse-moi deviner… Mettons que je m'abandonne là, qu'est-ce qui se passe ? Surprise ! Je me retrouve dans la forêt avec ma maman d'amour qui me tient la main pour pas que je me fasse immobiliser par des fougères possessives ? Engommer par une épinette noire ? Kidnapper par un loup schizophrène ?

— C'est vrai que les animaux dans l'habitat du champignon, ils peuvent être très dangereux, surtout quand tu sens le kebab.

— Non mais franchement.

— Attends de voir. On sait pas ce que la vie nous réserve. C'est vrai que peut-être que t'aurais envie de retourner vivre dans le Vieux-Québec.

— Je trouve ça raide là à matin, le décalage horaire, ça te dit rien ?

— Moi ça me va, non mais c'est vrai, le Vieux-Québec, c'est pas si loin, et il doit y avoir des marchés pour vendre les champignons. Mon commerce va très bien, je pourrais peut-être me lancer dans l'exportation vers la grande ville. Tu pourrais m'aider, en fait, avec la distribution, en étant sur place ce serait facile pour toi d'identifier des commerces mycophiles. Tant que ça te traverse pas l'esprit d'aller à Montréal, y paraît que ça fait dur là-bas, avec les sans-abri, les piqueries et la prostitution.

— J'ai déjà ma dose, je retourne me coucher.

Maman, pourquoi t'es une Mère comme ça ?

*

J'étais incapable de songer à quitter la Maison à pied.

J'avais perdu ce réflexe en Afghanistan maman.

J'ai ouvert mon coffre rouge qui contenait des objets qui m'étaient précieux. Je suis tombée sur mon lapin rose. Je ne me souviens pas si, quand j'étais petite, je m'étais déjà demandé pourquoi mon lapin en peluche était rose, ce qui en soi est une couleur aberrante de lapin.

J'ai trouvé une photo sur laquelle mes parents et moi on se tenait devant la section des gourganes du jardin, et le plant de gourganes, il était plus haut que moi. La saison viendrait bien, alors ça voudrait dire que la vie irait bien, comme à Bamyan, qu'on avait suffisamment de provisions, comme au Village, que c'était l'été et que la récolte du jardin avait été bonne. Dans tous les cas, la gourgane était synonyme d'abondance et de réconfort. Sans gourganes, ça aurait été différent.

Je suis entrée dans la pièce qui me servait autrefois de salle de jeux. Dans cette pièce qui était mienne, toute trace de moi et de mon enfance avait été enlevée. Je ne suis pas certaine que cette transformation extrême me réjouissait. Ma salle de jeux avait été convertie en royaume du champignon. C'était bel et bien désormais l'antre de ma Mère. Il y avait un peu de tout dans des bacs, dans des petits paquets, même les murs étaient couverts de cartes de sentiers et de photos servant à l'identification des champignons.

Remplacer ma présence d'enfant par tes champignons, c'était pour te venger de moi ?

C'est vrai maman que je m'étais tout de même bien amusée à tes dépens.

Mais je ne pensais pas te blesser dans la tête, ce n'était pas mon intention. La blessure est un dommage collatéral de mon Plan, des dommages collatéraux, il y en avait beaucoup en Afghanistan.

Mon Plan s'est transformé en champignon qui a poussé dans ta tête, il est devenu trop gros et il a empoisonné tes pensées, et toi, toi tu as voulu en apprendre davantage. Tu avais besoin d'étudier ton champignon, de savoir de quelle espèce il s'agissait, de comprendre son fonctionnement, et surtout, de le faire sortir de là où il était, parce qu'il prenait trop de place dans ta tête, ton champignon. Je sais pas quand tu l'as sorti de là ni comment Papa t'a aidée, mais ton champignon il a trouvé un petit toboggan et, hop, il a glissé hors de ta tête sans t'abîmer. Le champignon, une fois parti, il t'a permis de faire de la mycologie.

Si ça existait, un gourganologue, ce serait quelqu'un qui étudie les gourganes pour comprendre comment elles s'occupent des gens dans les conflits. Toi la mycologue, tu développes des stratégies pour éviter qu'il repousse un nouveau champignon dans ta tête. Oui maman, ta mycologie à toi, c'est de t'intéresser aux champignons qui poussent dans le vrai monde, tu les laisses grandir, être et vivre dans la réalité.

C'est une chance que tu aies choisi les champignons. Avec le tricot, tu aurais tout mêlé encore plus et tes pensées seraient devenues comme une toile dans ta tête, et avec la poterie, tu aurais continué à tout tourner dans tous les sens et tu aurais souffert de tournis, tournoyant de plus en plus vite pour me rattraper, et moi, moi j'aurais été obligée d'aller encore et encore plus loin.

Je suis sortie sur la terrasse arrière de la Maison et j'ai regardé le Fleuve.

Je ne savais pas très bien où aller. Alors, j'ai réfléchi, j'ai mangé et j'ai dormi d'un sommeil tout noir, désagréable.

Les bruits d'agitation dans la cuisine en bas m'ont réveillée. Ma Mère gesticulait devant un mycologue français qui sirotait un verre de vin rouge en hochant la tête devant le déluge de mots qui l'assaillait. Des invités arrivaient, on se félicitait du succès de la grande conférence, on se posait des questions de mycologues, je n'y comprenais absolument rien, et surtout, ma Mère ne s'occupait absolument pas de moi. Papa s'était réfugié dans le sous-sol, probable qu'il attendait que ça passe, caché dans une ancienne armoire, et qu'il n'allait pas répondre lorsque ma Mère lui demanderait de venir l'aider. Ça aurait été moins sérieux si le Tonton Anarchiste avait été ici, il aurait pu leur demander à ces mycologues comment est-ce que le champignon magique avait été découvert, qui l'avait goûté en premier et quelle réaction ça avait provoquée. Pour les amadouer et ouvrir le débat, je suis certaine qu'il aurait raconté l'histoire du chimiste qui avait découvert les vertus de l'acide en s'y trempant le petit doigt, après quoi, le pauvre avait mis huit heures à rentrer à la maison à vélo. Alors qu'il habitait à 500 mètres de son laboratoire. Ou encore, il aurait peut-être balancé que Timothy Leary avait mis du LSD dans le réseau d'aqueduc de l'Université Harvard à des fins expérimentales. Il aurait parlé du batteur de Led Zeppelin qui était mort dans son vomi après avoir bu quarante shooters de vodka et de la chanteuse Nico du Velvet Underground qui avait été amoureuse de Brian Jones, membre des Rolling Stones lui-même retrouvé noyé dans une piscine après une soirée bien arrosée.

— Ton père est introuvable, allez, aide-moi à apporter les plats sur la grande table. C'est ma fille, c'est ma fille qui revient de Kaboul !

Les mycologues qui parlaient passionnément un verre à la main ont interrompu leurs discussions.

Je les ai tous vus se tourner vers moi avec des visages ahuris.

Ils se sont mis à être désolés pour moi. À me prendre en pitié. À me dire à quel point ça n'avait pas de bon sens les femmes en burqas. Que ça avait donc dû être difficile pour moi. Surtout en tant que femme. Comment est-ce que je me sentais ? Je devais pleurer de joie de me retrouver à la Maison, de gratitude d'avoir survécu au bourbier afghan. Ce qu'on voyait depuis des années à la télé, ces soldats, la guerre, les chars d'assaut, Kandahar, les attaques contre des Canadiens, les haies d'honneur. On en veut plus du tout, des soldats qui reviennent dans des cercueils au pays.

Au fait... Qu'est-ce que j'avais fait exactement là-bas ?

— Je travaillais dans un bureau, j'écrivais des rapports, sur un ordinateur portable comme ici, j'avais mon cellulaire et je sortais avec les collègues pour couvrir des projets, développer des idées de projets, je travaillais avec des Afghans comme vous et moi, des gens bien... Kaboul c'était vraiment cool. J'allais me promener sur Chicken Street, c'est là que j'ai négocié mes tapis, j'ai rapporté aussi pas mal de pièces en verre soufflé de la province d'Herat, frontalière avec l'Iran, et plein de bijoux en argent, de plein de groupes ethniques d'Asie centrale. À Kaboul, j'ai même trouvé une boulangerie qui faisait des choux à la crème, mes collègues adoraient quand j'en apportais une boîte au bureau ! Juste à côté, il y avait le magasin du monsieur qui vendait des noix et des fruits secs, déjà pesés, emballés, vous auriez dû voir le choix qu'il y avait, c'était incroyable. Et le safran, ce que vous achetez ici on vous dit que ça vient d'Iran, mais en fait, la plupart du safran il vient d'Afghanistan mais il est vendu à partir de l'Iran. J'ai jamais vu de champignons, par contre.

L'assemblée semblait stupéfaite. Les verres de vin étaient en suspens. Les bouches étaient ouvertes. Pour dissiper le malaise, le mycologue français s'est tourné vers ma Mère et s'est exclamé :

— Non mais je rêve ! Dis donc elle est particulière, ta fille. Bon c'est pas tellement surprenant.

Les mycologues se sont à nouveau animés. Ils ont été priés de passer à table. Les plats apprêtés aux champignons défilaient devant eux et on leur a trouvé beaucoup plus d'intérêt que nécessaire, question de masquer ce moment embarrassant.

Il fallait oublier cette fille bizarroïde qui parlait aux Afghans.

Je n'avais pas réalisé à quel point pendant mon absence l'Afghanistan avait été partout dans les nouvelles, dans les textes éditoriaux, dans les discussions de cafés. Avec ce qu'on en présentait, les gens avaient une vision très nette de ce qui se passait là-bas, des images précises du pays, et surtout, des opinions très arrêtées.

Je m'étais aventurée trop loin, à décrire mon Kaboul à moi, celui de ma vie quotidienne, celui de ma réalité. Ce Kaboul-là, personne ici ne le connaissait. Personne ne pourrait comprendre ce que j'avais vécu. Il n'y avait que moi qui pouvais comprendre.

Peut-être que pour réintégrer ce monde que j'avais tellement voulu fuir, je devrais taire cette période de ma vie pourtant équilibrée dans un univers instable, qui n'avait eu d'égal que le chaos que tu créais autour de moi maman.

*

— Il faut que tu sortes de la Maison. Ça fait combien de temps que tu es rentrée ? On va marcher ensemble jusqu'au HLM de Mère Grand, comme quand tu étais petite, d'accord ?

— Oui.

— Tu veux que je te prenne la main, aussi ?

— Non merci, ça va quand même.

— Je vais te laisser avec Mère Grand. Moi, je dois revenir à la Maison m'occuper d'une livraison et je vais filer à Québec conduire le mycologue français à l'aéroport. Tu viendras pas me dire en tout cas que je m'occupe trop de toi !

— …

Au Village aussi, rien n'avait changé. J'étais frappée par cette stabilité, ce calme, cet immobilisme dans l'espace-temps.

Moi j'avais changé.

Toi maman tu avais changé.

Mais l'espace lui n'avait pas changé.

— Ah merci de me laisser la p'tite, ça va lui faire du bien. Prendrais-tu une bonne *paparmane* ? Ça tombe bien, je suis en train de regarder mes photos de mariage, oui madame. Regarde-moi don l'allure. Fallait-tu être assez folle pour aller se marier, dire que j'ai étudié moi aux Ursulines, à Québec, et que je gagnais ma vie comme institutrice. Et je jouais de l'orgue à l'Église et les notables du Village m'invitaient à jouer du piano dans leurs soirées. Ma vie était belle, je prenais l'autobus pour aller acheter mes toilettes sur la rue Saint-Joseph à Québec.

Je savais du Tonton Anarchiste qu'on avait prêté à Mère Grand plusieurs prétendants, mais Mère Grand elle, elle voulait jouer de la musique, aller à Québec et enseigner. Pourtant, vers la mi-trentaine, Mère Grand a décidé que c'en était assez de cette vie d'indépendance et de liberté. Elle a jeté son dévolu sur un chauffeur d'autobus qui était toujours disponible à cet âge avancé. Paraît que ça jasait fort de cette union autour de l'Église du Village. L'intellectuelle avec un chauffeur d'autobus. Plus éberlués encore, certains curieux ont été témoins de la prise de photo officielle du mariage de Mère Grand sur le perron de l'Église. Mère Grand, elle portait une robe de crêpe bleue, avec un voile de tulle bleu, trois oiseaux bleus dans les cheveux et tenait à la main un missel à rubans bleus desquels pendaient des roses et des fougères.

— Est-ce que tu as ressenti une pression sociale pour te marier, Mère Grand ? Voulais-tu rentrer dans les normes, avoir une vie comme les autres femmes ?

— Non madame. Moi, le mariage, ça ne m'intéressait pas. Mais j'avais pas le choix. Je voulais des enfants. Me marier, c'était un passage obligé. Fait que je me suis arrangée pour pas trop l'avoir dans les jambes, mon mari.

— Ça t'a frappée comme ça un bon matin ?

— Ça faisait presque quinze ans que je travaillais. S'occuper toute la journée des enfants des autres, ç'a pas de bon sens. Y en avait là-dedans, c'pas mêlant, comme si leurs parents s'en occupaient pas. Pis c'te temps-là, ça commençait à passer, les soirées étaient moins animées, j'avais moins envie d'aller m'acheter des toilettes parce que les hommes étaient de plus en plus casés. Je commençais à trouver ça ennuyeux. Comme vous dites aujourd'hui vous les jeunes, ça me prenait un changement de carrière. Dans mon temps, on avait pas ben ben le choix. Fait que j'me suis demandé pour quoissé faire que j'aurais pas d'enfants. À force d'aller à Québec, j'avais sympathisé avec c'te type-là, y a pas une femme qui voulait de lui parce qu'il était toujours sur la route. Moi ça faisait ben mon affaire. C'était ça, mon changement de vie, oui madame.

— Donc t'as arrêté d'enseigner, de jouer de l'orgue pis toute ?

— La journée avant mon mariage. Tu peux être certaine que j'ai pas perdu de temps pour tomber enceinte pa'xemple !

— Tu as regretté ?

— Je l'ai ja-mais regretté. Voir si le monde y font des enfants parce que c'est noble, voyons don, on fait des enfants pour des raisons égoïstes, mais ça y a personne qui le dit. C'est comme ta mère ça. A voulait quelqu'un juste pour elle, qu'y allait rester avec elle.

— Ç'a l'air d'être une autre belle histoire ça, raconte-moi don !

— Y devait don ben avoir toute sorte de monde hein, en Af-gha-nis-tan ?

— ...

— C'est ça qui a rendu ta mère malade. Nous autres, les Afghans, on connaît pas ça c'te monde-là, ça parle même pas la même langue que nous autres. À part de ça, ça mange quoi, un Afghan ? Des p'tites patates rissolées ? Y ont-tu d'la dinde au moins là-bas ?

En sortant du HLM, je me suis décidée à aller marcher.

À marcher dans la rue.

J'ai fait une longue promenade dans le Village en espérant que ça m'apporterait des réponses pour procéder à la suite de mon existence. J'ai constaté que la population vieillissante prenait de l'expansion, comme en témoignait le nombre de logements pour personnes âgées qui avaient poussé à côté de l'Église. Que la rue principale s'était drôlement dévitalisée, comme si son âme s'était envolée, plusieurs commerces étant fermés, d'autres ne payant pas de mine. J'ai longé la Rivière pour descendre jusqu'au quai, tout près des chutes.

Ma vie n'était définitivement plus ici, c'est à peu près la seule réponse que j'ai obtenue.

J'avais vécu jusqu'à présent maman que dans l'ombre du chaos que tu créais autour de moi, jusqu'à aller le rejoindre, ce chaos, m'y plonger et y vivre.

Maintenant, quoi ?
Même Kadhafi était mort !

*

J'ai rempli ma voiture du matériel de camping de famille et j'ai roulé en longeant le Fleuve. Je connaissais chacune des vieilles maisons, je les saluais en passant, je leur demandais si elles se souvenaient de moi, j'étais la petite fille qui autrefois venait les visiter, assise à l'arrière d'un campeur Volks, avec un lapin rose. Je leur racontais, aux maisons, que je revenais de Kaboul, là où en voiture, on tentait d'éviter les convois militaires qui traversaient la ville, cibles fréquentes des insurgés, plutôt que de courir les antiquités comme avant, et que pour changer les idées, ça les avait bien changées.

Je ne savais plus quoi faire de moi maintenant que ma Mère était grande et que moi aussi.

Dans le Village-des-Bourgots, j'ai pris le traversier pour l'autre rive et j'ai planté ma tente avec vue sur le Fleuve. Je n'étais pas très bien, là, sur le Fleuve, presque en face du Village, en faisant réchauffer mon homard déjà cuit sur la grille du feu de camp, et en cassant les pinces à grands coups de caillou sur le bord de la table de pique-nique. Je me sentais seule, c'était trop tranquille, il y avait un manque généralisé de conflit.

L'Afghanistan me manquait. J'avais espéré cette solitude, mais maintenant, ce calme, ce grand air, ça me rendait anxieuse. Je suis repartie rapidement, j'ai roulé jusqu'au Vieux-Québec. Je suis débarquée chez le Tonton Anarchiste. Il avait aménagé un véritable coin studio dans son logement, avec micro, casque d'écoute, console de son et ordinateur dernier cri.

— Bienvenue à *Anarchie 2.0* ! Mon émission de webradio. Pas mal comme titre, non ?

— Laisse-moi deviner... Tu vas faire jouer les tounes obscures de Vanilla Fudge que personne connaît ?

— Parlant de ce groupe oublié des années 1960, as-tu déjà écouté leur version de *Season of the Witch* ? Avec la version de Donovan, on se croirait dans *Alice au pays des merveilles*, tandis qu'avec Vanilla Fudge, c'est tellement psychédélique ! Tu sais que la chanson de Captain Beefheart *Yellow Brick Road* a été composée pour être écoutée en regardant *Le Magicien d'Oz*, sur l'acide, de préférence ?

— Là je me sens vraiment loin de Kaboul...

— Pourtant, la *hippie trail*, le hasch afghan, l'opium, c'est ça les années 1960 ! Devine sur quel aphorisme de Cioran je vais ouvrir la première émission.

— Le seul dont je me souvienne c'est...

— Nooooon ! « Dans les moments de désespoir, la cigarette est d'un plus grand réconfort que tous les saints. » En cette ère de rectitude sociale, d'hypocrisie de l'entreprise privée, moi j'exhorte le citoyen à se rebeller contre l'establishment !

Après une nuit, j'ai filé chez l'Ami, à Montréal.

Je tenais pas en place, j'étais bien nulle part, je sais même pas ce que je cherchais.

Je me suis autodiagnostiqué une dépendance au chaos.

Ça allait mieux, à Montréal au moins il y avait une certaine fébrilité dans l'air, une densité de population, on sentait qu'il se passait quelque chose. Ça m'a un peu apaisée. Chez l'Ami, j'étais près du marché et je traînais dans les cafés. C'était pas si mal. Je me disais que ça me ferait un environnement convenable pour dérouler mes tapis afghans. L'Ami, il a vu juste :

— C'est certain que tu peux pas rester près de ta mère trop longtemps. D'un coup que sa maladie mentale qui la fait focusser sur toi revienne de façon permanente ? Moi je pense qu'on est jamais trop prudents.

— Tu trouves pas ça bizarre toi qu'elle ait presque complètement décroché de mon cas ? Sans même s'acheter un chien.

— Justement, avec toi, a dû avoir sa leçon avec les êtres vivants qui peuvent se sauver. Imagine si le chien partait lui aussi parce qu'est trop intense ta mère ! Mais attends là, tu dis qu'elle a presque fini de compulser sur toi. Ça veut dire qu'elle a encore des phases de capotage ?

— Limite, mettons.

— Moi je pense qu'il y a anguille sous roche. Ça doit être les pilules. D'un coup que son médecin lui suggère de diminuer sa dose ? Sauve ta peau pendant que c'est le temps !

— Je sais pas trop ce que je ferais à Montréal…

— Tu verras, un coup rendue, tu vendras des chips au dépanneur en attendant. Tu serais bien, en plus je suis pas loin, t'es comme un personnage mythique pour ma blonde, pis ça me ferait une chum de brosse en ville parce que c'est pas facile de connaître du nouveau monde ici.

— Peut-être qui faudrait que je pense à rencontrer un gars ?

— Bon, là je pense que tu commences à aller mieux. Le Tonton Anarchiste te trouverait sûrement une citation d'un philosophe anarchiste comme quoi toutes les routes mènent au sexe, l'antidote à l'ennui…

— … D'un coup que je m'emmerde encore avec un gars…

— … Tu changeras de gars, c'est tout…

— … T'es vraiment tapon…

— … Enfin, tu vois ce que je veux dire, là, continue sur ta lancée, trouve-toi un appartement pendant que t'es ici. Pas trop loin de chez nous, OK ?

*

Quelques jours avant sa mort, Mère Grand avait demandé qu'on l'emmène dans le hall du Château Frontenac. Le Tonton Anarchiste, qui grâce à sa webradio était devenu une véritable vedette, qui haranguait la jeunesse de Québec sur Facebook et bombardait ses disciples sur Twitter avec des citations de philosophes obscurs, s'était chargé de pousser son fauteuil roulant jusqu'à son endroit désigné. Le portier l'avait saluée affablement, la main sur le cœur. Je m'étais assise sur un canapé juste à côté. Mère Grand souriait de ce sourire qu'ont les personnes dont l'esprit s'évade, un sourire doux, candide, qui s'adresse au vide devant soi, autour de soi. Pendant que le Tonton tweetait ses états d'âme sur le néant, la mort et l'absence d'un au-delà, Mère Grand parlait d'un air détaché, s'adressant à un monde imaginaire pour les passants qui la regardaient, mais peut-être pas imaginaire pour elle, on le saura jamais. Elle s'extasiait en se remémorant les toilettes de Lady Di, commentait le mariage royal de Grace Kelly, s'émouvait en parlant de l'histoire d'amour de Marie d'Agoult et Franz Liszt et disait à qui voulait bien l'entendre que son vrai nom était Lou Andreas-Salomé.

Toute la famille s'était rassemblée à l'Église pour ses funérailles. On avait même retrouvé son missel bleu que l'on avait apposé sur son cercueil, dernier pied de nez qu'elle pouvait faire au Village lorsqu'on allait porter le cercueil de l'Église jusqu'au corbillard, puis du corbillard jusqu'au cimetière. Assise juste à côté de ma Mère, je ne pouvais ignorer ses remarques incessantes, elle qui rappelait constamment à Papa de ne pas toucher le banc parce que c'était plein de microbes, que c'était le moment de s'agenouiller, d'arrêter de dévisager la belle fille d'à côté parce que ça donnait l'impression aux gens qu'il en regardait une autre. Je pouvais même lire sur ses lèvres qu'elle lui demandait si elle avait bien barré la porte avant de partir de la Maison. Le Tonton Anarchiste, il s'adressait aux fidèles en répétant :

— Moi, quand ce sera terminé, vous me mettrez dans un grand sac vert, et hop, vous me balancerez au chemin, la vermine viendra se repaître de mon cadavre. Max Stirner, lui, il est mort dans la misère, oui, après avoir écrit *L'Unique et sa propriété*, chef-d'œuvre de la philosophie anarchiste, d'une piqûre d'insecte. « Moi je veux connaître l'anonymat de la pourriture de mes chairs, asticots, venez en horde, prenez-moi comme l'un des vôtres que j'enrichisse le sol de mes stupres [...]. » #MaxStirner #asticots

J'avais de la peine. Mais il s'agissait, somme toute, d'une mort très douce, d'une mort normale. Au-delà de la tristesse, personne n'allait souffrir de choc post-traumatique. Il n'y avait pas eu de violence, ce n'était pas soudain, pas d'accident, pas de diagnostic qui tombe et qui fait qu'on a le temps de voir ce qu'on a pas vécu, ce qu'on aurait voulu vivre.

J'avais besoin de me poser.

Il y avait un homme, dans le fond de l'Église. Un homme très âgé. On m'a appris par la suite que c'était un ancien prétendant de Mère Grand, qui parlait russe. Au Village, on disait qu'il ne l'avait pas oubliée, mais qu'il n'avait jamais osé revenir vers elle à la mort de son mari. Je trouvais ça d'une grande tristesse. Mais peut-être qu'il ne regrettait pas. Peut-être que son amour rêvé pour elle avait été d'une plus grande satisfaction que ce que la réalité avec elle aurait été. Comme quoi, quand la vie n'est pas satisfaisante, peut-être vaut-il mieux la rêver que de la vivre ?

Un peu comme moi, à l'époque où je vivais ma vie par personnages interposés.

Ce n'était plus ce que je désirais. Après avoir goûté au vrai monde, j'avais bien l'intention de rester dedans.

Leçon.

Cela demandait une action immédiate.

*

Je devais me refaire une vie sans toi maman et sans l'Afghanistan.

Loin de toi, mais sans chaos.

Cette nouvelle séparation m'avait rappelé à quel point elle était essentielle.

— Quand est-ce que ça va finir cette lubie-là ? Non mais, c'est quoi après, tu vas devenir astronaute ? Partir à la station internationale stationnée près de Mars ? J'embarquerai pas là-dedans certain, tu t'arrangeras toute seule. Au moins les champignons eux ils sont stables. Au bon endroit. Ils restent dans leur habitat naturel sans rien demander à personne, la forêt, ça leur suffit. Ils commencent pas à courir la galipote et à vouloir s'installer à Tombouctou. Fais donc comme eux autres là, c'est assez. Ton habitat naturel, c'est la Maison, ça finit là.

J'ai pris possession de mon appartement typiquement montréalais avec des moulures bourgogne, un vaisselier encastré et des vitraux. Plus long que large, une fenêtre à chacune de ses extrémités, ouvert sur toute sa longueur, sans divisions, sauf pour l'étroite chambre. Je l'ai pris tel quel, sans même le peinturer.

Il pleuvait. J'étais assise à ma table de cuisine. Je regardais mon appartement. Son état lamentable, avec les coffres qui débordaient, les tapis roulés dans un coin, les boîtes de livres à moitié ouvertes. J'écoutais le bruit de mon réfrigérateur. Des larmes coulaient sur mes joues. Je m'ennuyais. J'aurais pu aller au musée, marcher dans le Vieux-Port, visiter le jardin botanique. Il y avait trop d'options, je savais pas quoi faire. Je m'ennuyais des options limitées, on se posait pas de questions continuellement sur ce qu'on avait envie de faire, on faisait quelque chose, tout simplement. J'avais l'impression que ma vie c'était encore à Kaboul qu'elle était, je ne voulais pas la ramener à Montréal en ouvrant mes boîtes.

Ce qui est paradoxal, quand on rentre au pays, c'est qu'on est supposément chez soi, on parle sa langue, sa famille est accessible en voiture, on parle à l'entourage au téléphone et non par Skype. Mais on a changé, donc notre rapport à tout ce qui nous est familier s'en trouve modifié. On connaît vaguement les contours de son univers, mais c'est comme s'il avait éclaté et qu'il fallait récupérer tous les petits morceaux pour les recoller. Ou les remplacer. Ou bien on les retrouve pas du tout.

On est comme un routeur qui capte pas le signal.

Je repensais à ce que le mycologue français m'avait dit avant son départ de la Maison, que j'allais me refaire une vie.

Me refaire une vie. Avoir une vie stable. Faite d'une certaine continuité. Parce que la continuité, c'est gage d'équilibre. Ça garantit, paraît-il, l'équilibre dans la tête. Le bonheur par la routine, le quotidien, les certitudes, les paramètres.

Se refaire une vie, c'est une expression tellement mensongère. On se refait pas une vie, on fait des deuils. Il y a du noir partout.

C'est moche.

Voilà. Qu'on arrête de croire n'importe quoi.

Se refaire une vie, ça veut dire en laisser une derrière. Par un concours de circonstances, ou par choix.

Quand il faut se refaire une vie, ça veut dire qu'on s'est fait chier, voilà. Autant que ce soit clair pour tout le monde.

Dans le fond, ça fait mal, se refaire une vie.

On se fait répéter qu'on va s'en trouver un, chum. Qu'on va trouver un bon emploi. Personne nous dit jamais : « Tu vas en baver. Tu vas souffrir. Pendant longtemps. »

Je suivais les conseils du Tonton Anarchiste et je tentais de me mêler à la frénésie du printemps érable qui battait son plein. Chaque soir, sur le coup de 20 heures, plusieurs quartiers de Montréal vibraient au son des casseroles. Des mascottes arpentaient les rues, accompagnées de familles, d'étudiants et de passants qui se joignaient au mouvement. Les rues prenaient dans le quartier un air festif ; les voisins se parlaient ; les générations, unies par la rue, se côtoyaient.

Il y avait tous ces gens qui défilaient sous ma fenêtre. Ils exprimaient leur désaccord, mais ils étaient heureux, ça se faisait dans l'allégresse. Où étaient les kalachnikovs ? Les militaires, les tanks ? Les hauts murs avec des barbelés ? La peur de se faire tirer ? De se retrouver dans le trafic à côté de policiers, au moment où un kamikaze se ferait exploser ?

L'idée même de marcher dans une foule m'effrayait. Je pouvais juste regarder marcher les gens, passivement. Assise sur mon balcon. J'avais ma casserole. Je savais pas quoi faire.

Pour une fois, le bruit des hélicoptères dans le ciel me rassurait.

Un point de repère, un seul.

*

Tu me téléphonais maman, mais de façon irrégulière.

Quand tu y pensais.

Je sais pas ce que tu as senti intuitivement, du lointain de la Maison. Tu n'avais plus de raison de t'inquiéter, désormais, je n'avais plus envie d'aller nulle part. Mais tu devais venir à Montréal pour ton commerce de champignons. J'habitais près du marché et tes récoltes intéressaient un marchand. C'était urgent.

— Surprise ! Je t'ai apporté les premiers légumes du jardin. C'est certain qu'ils n'ont pas le même goût que ceux que tu trouves au marché, au Village on a pas la même terre. Les gens ont les mains propres en plus, c'est certain que l'hygiène a un impact sur le goût des aliments. Tu viens avec moi voir l'étal du mycologue, si je peux lui vendre une partie de ma cueillette, j'aurai une bonne raison pour venir te visiter plus souvent !

— …

— As-tu utilisé le poêle avant qu'on sorte ?

— Non. Maman, regarde là, je ferme la porte de mon appartement, je me bats avec la clé pour qu'elle rentre dans la serrure, et hop, la porte est barrée ! Je tourne la poignée pour vérifier qu'elle ne s'ouvre pas, tu regardes et tu confirmes et voilà, c'est réglé. On s'en va. On en parle plus.

— Pourquoi vous avez des escaliers en colimaçon, à Montréal ? C'est vraiment joli comme tout. En tout cas, tu habites vraiment dans un quartier super ! C'est certain que peut-être je ferais tremper mes légumes dans quelque chose comme toi à Kaboul, pour les désinfecter...

— Tant que l'envie te prend pas d'emménager ici, gâte-toi, fais comme chez toi !

Ma Mère avait repéré rapidement l'étal qu'elle cherchait. La conversation allait bon train entre elle et le mycologue du marché. Ça discutait fort des différentes variétés et des lieux de cueillette autour de Montréal – entre mycologues, ils avaient l'air de se comprendre. Ma Mère a acheté des chanterelles et m'a traînée jusqu'à l'étal de veau. Un veau à la sauce aux chanterelles, qu'elle allait me cuisiner, ma Mère. Et un potage aux champignons. J'étais complètement sidérée par la résurgence intense, dans ma vie, de l'existence des champignons. La possibilité de ce repas ne m'aurait pas du tout traversé l'esprit autrement. C'est vrai que depuis mon déménagement à Montréal, je n'achetais que des concombres, des tomates et du fromage feta. J'avais vécu là-dessus pendant tellement de temps à Kaboul que « faire une recette », cuisiner, ça m'apparaissait comme une pratique bizarre.

En entrant dans l'appartement, ma Mère s'est dirigée vers le lavabo de la salle de bain pour se laver les mains.

— Tu dois être contente, non, d'être partie de la Maison ?

— Oui, bon, je suis pas encore très bien installée…

— Tu vas m'aider à préparer le repas. J'ai apporté un excellent vin rouge, gracieuseté du mycologue français. On va boire à notre santé.

Je regardais ma Mère de dos, qui tentait d'ouvrir la bouteille.

— C'est fou, hein, comment les champignons prennent de la place dans ta vie ? Dire qu'avant, tout cet espace, c'est moi qui l'occupais.

— J'ai cru comprendre que ça ne te plaisait pas tant que ça. Les champignons, eux, ça fait bien leur affaire que je m'intéresse à leur sort. Ils sont dociles. Ils m'aiment.

— Et il te témoigne son affection comment, le champignon ?

Ma Mère m'a tendu un verre de vin.

— Maman… Il faut que je t'avoue quelque chose. Tout ça c'était un Plan. Un Plan pour me sauver de toi.

— Qu'est-ce que tu racontes ?

— L'Afghanistan. Partir en Afghanistan. Ça me faisait plaisir de penser que t'allais capoter. J'ai choisi la pire place que je pouvais trouver.

Ma Mère a commencé à préparer le repas.

Peut-être à ce moment regrettais-tu que je ne sois pas née carrément champignon.

— Pourquoi pas la Libye ? T'aurais pu m'envoyer des photos de toi qui fais la grimace à côté d'une statue de Kadhafi. C'est vrai qu'on a dû trop en parler quand t'étais petite, peut-être que c'était moins exotique pour toi. En plus c'est beaucoup plus proche en avion, et d'un coup que je…

— Exactement. D'un-coup-que-tu.

— Bravo, franchement, tu t'es bien amusée à mes dépens !

— Ça oui, tu peux pas savoir !

— Mais t'es pas la seule, hein, à t'être amusée !

— Bon, qu'est-ce que je vais apprendre ?

— Disons que c'est pas un hasard si t'as trouvé les livres de Kerouac et de Gide sur le plancher un matin. Ça faisait des années que je les cachais. Je me disais, *si a lit ça, a va vouloir partir, ça va être terrible, des plans pour qu'a veuille partir juste pour m'embêter*. Mon intuition était bonne, je pense ! Ton père et le reste de la famille m'ont fait réaliser que t'allais probablement un jour partir de la Maison et tomber sur ces livres-là de toute façon, donc je pouvais pas l'empêcher… J'ai pensé que valait mieux que ça vienne de moi…

— T'es en train de me dire que tu m'as contrôlée jusque dans ma découverte de Kerouac et de Gide ?

— C'était plutôt, je dirais, de la supervision parentale.

— Demande-toi pas d'où ça vient que je sois partie pour l'Afghanistan. C'est tellement fucké ton affaire… Demande-toi même pas où j'aurais pu aller d'autre, c'était fait pour moi ce pays-là. Ça peut-tu juste être normal, juste normal à partir de maintenant, genre un, deux, trois, NOR-MAL ?

Ma Mère s'est levée pour éteindre le four. Elle m'a regardée afin de confirmer qu'elle l'avait bien fermé et qu'elle n'avait pas allumé les ronds du poêle par inadvertance. On s'est assises toutes les deux à table et elle a enchaîné.

— Tu sais, moi et ton père, quand on s'est rencontrés, on a décidé qu'on ferait un retour à la terre, sans pourtant jamais l'avoir vraiment quittée, la campagne, sauf pour des études de quelques années en ville. On était passionnés par la culture et les arts, par le patrimoine, on voyait tout ce que les gens ne voyaient pas de la richesse du Village, on avait le désir de la préserver, cette richesse. Ton père, plus que moi, avait cette grande passion pour le patrimoine bâti.

— Vraiment hippie, votre histoire.

— C'était l'époque, chacun sa place dans le temps.

— J'imagine que le meilleur est à venir… Y a quelque chose qui s'est pas passé comme prévu, hein ?

— C'est certain que je me doutais un peu que je m'ennuierais rapidement, coincée entre deux moulures et des panneaux de coffres en cèdre, je voyais ma vie s'étirer devant moi, baignant dans une odeur de décapant… Ton père avait ses affaires en bois, mais moi j'avais rien. J'ai commencé à crier des insanités aux oiseaux que je voyais passer dehors, pour me défouler, non mais c'est vrai, j'avais l'impression qu'ils me narguaient, dans l'état où j'étais, je le pensais vraiment.

— T'insultais les oiseaux ?

— Ça peut arriver à n'importe qui.

— Je pense pas, non.

— J'ai commencé à parler aux portes et à travers mon monologue j'ai compris que je t'avais, toi. Ç'a changé mon regard sur l'enfantement.

— J'ai un peu peur de la suite.

— Quand t'es sortie de mon ventre et que je t'ai vue, j'ai tout de suite eu peur qu'il t'arrive quelque chose. T'étais tellement vulnérable. J'avais tellement peur de te perdre. J'ai senti que ma mission de mère, c'était de te protéger. J'ai jamais pu me débarrasser de ce sentiment-là. Je me sentais coupable de ne pas penser au pire – je me disais, *d'un coup qu'il lui arrive quelque chose à quoi j'ai pas pensé ?* Imagine comment j'aurais vécu le reste de ma vie, comment j'aurais eu l'impression d'être une mère qui prenait mal soin de sa fille, je me le serais jamais pardonné. Tu peux pas savoir c'est quoi, se sentir responsable de son enfant. Il fallait que je te protège de tout ce qui pouvait hypothétiquement t'arriver.

— T'avais l'hypothèse large, en tout cas… J'imagine que c'était rassurant de me garder pas loin…

— … ou de t'accompagner en pensée, j'avais l'impression de pouvoir faire quelque chose, d'agir sur le destin. Dans le Vieux-Québec, ça passait toujours, mais là l'Afghanistan… J'avoue que ça m'a prise un peu de court. C'est comme si ma tête a fournissait pas assez d'imagination pour que je puisse vraiment te visualiser. Comme si l'imagination pouvait pas se rendre. J'ai pris ça comme un droit qu'on m'enlevait de te protéger. Avec l'Afghanistan, je me suis retrouvée dépossédée de ma qualité de mère, voilà.

— Dépossédée de ta qualité de mère ?

— Dépossédée de ma qualité de mère.

Le lendemain matin, j'avais mal à la tête. Ma Mère avait très mal dormi.

— C'est vrai, pendant que j'y pense. Faudrait pas que tu t'accotes dans les portes du wagon de métro, d'un coup qu'elles s'ouvrent pendant que le métro est en marche…

— Promis maman. J'y penserai chaque fois que je prendrai le métro.

— Écoute, en fait j'étais pas venue pour te raconter ça, mais pour te dire que ça m'attriste de te voir errer comme ça, maintenant. J'aurais pas voulu que tu vendes des assurances, ma vie aurait été beaucoup trop ennuyeuse, tu vois. Mais fais pas la même erreur que moi. Organise pas ta vie autour de moi, pour me fuir tout le temps, comme moi j'ai voulu te protéger.

— Je sais pas trop comment je dois l'organiser, ma vie, justement.

— Ta grande passion dans la vie, ça peut tout de même pas avoir été d'échapper à ta mère ? T'as tout de même pas fait tout ça *juste pour ça* ?

*

Mes sorties au marché toutes seules tenaient presque de l'étude anthropologique.

J'aurais aimé que tu sois mon interprète maman pour m'expliquer ce que je voyais. J'aurais préféré ne pas me détourner de toi si vite.

L'étendue de mon décalage avec le monde que je réintégrais était vaste.

Au marché, je voyais beaucoup de personnes âgées. C'est vrai qu'ici, l'espérance de vie permettait de se rendre jusqu'à un âge avancé.

Je voyais autant d'hommes que de femmes. On pouvait voir les formes des femmes, les formes des hommes. Il y avait de la peau partout : des cuisses, des avant-bras, de la lisière de gras de fesses, des genoux, des craques de seins. Les couples se tenaient par la main. Ça s'embrassait en plein milieu des paniers de piments. Les enfants couraient entre les étals du marché, les gens s'encombraient de poussettes et de chiens. C'est fou comme tout le monde avait l'air heureux. Mais surtout, personne n'était seul. Les gens étaient minimalement à deux, souvent à plus de deux. Les gens me semblaient s'être reproduits de façon fulgurante pendant mon absence. Que s'était-il passé ?

J'ai cherché du réconfort. Même les gourganes, elles avaient l'air tristounettes, toutes entassées les unes sur les autres dans de petites chaudières de plastique rouge, domestiquées et inintéressantes, voilà ce dont elles avaient l'air. Pire : désarticulées, comme si elles étaient mortes.

Je repensais à ma discussion avec toi.

Pas une seule seconde, pendant mes années afghanes, je m'étais posé la question à savoir si je voulais des enfants ou pas. Je me suis demandé si ça pourrait adoucir mon retour.

Je devais tâter le terrain auprès de l'Ami :

— T'es malade ? Avec ton bagage génétique, tu vas te retrouver directement à l'aile psychiatrique après l'accouchement, tu vas perdre la boule, on va t'interner, c'est clair, t'es pas sérieuse ?

— Oui, mais…

— Depuis quand ça t'intéresse ? Écoute, va voir le médecin, fais-toi prescrire des pilules, mais fais pas d'enfants !

— Non, le médecin, si je vais le voir, je vais devoir lui demander : « Docteur, pouvez-vous me prescrire du sens s'il vous plaît, vous savez, du sens que je pourrais mettre dans ma vie ? »

— Profites-en, pendant que tu travailles pas encore, va faire du yoga au parc, réfléchis à tout ça !

— Tu vas quand même pas me dire d'écouter les baleines pendant que je te parle de faire un bébé ?

— Fais quelque chose de ta vie, moi je travaille comme un fou, j'ai pas une minute pour me poser ces questions-là, toi non plus, je te ferais remarquer, tu pensais pas à ça, à Kaboul, trouve-toi quelque chose à faire, mais mets-y une capote au gars la prochaine fois que tu vas baiser !

J'aurais jamais dû partir loin de toi maman, la vie serait pas aussi compliquée présentement.

*

J'étais au bord de l'implosion. À tout moment, je pensais que j'allais sortir dans la rue, à moitié nue, la paume de la main droite collée au front, la salive coulant de ma bouche trop ouverte, les yeux exorbités, le cheveux épars et déstructuré, dans un combat ultime pour garder prise sur la réalité, mon surmoi avait perdu, la folie l'avait battu et elle avait pris possession de mon être, enfin, enfin, j'étais libérée de l'obligation de me retenir, de faire semblant, je pouvais me laisser aller, je n'avais même pas le choix, je sentais le flot de cette folie qui déferlait comme des vagues de huit pieds sur le Fleuve un jour d'orage, la folie gonflait mes joues d'un fou rire, je serais sortie dans la rue la laisser s'exprimer librement, violemment, sans compromis, j'aurais sauté latéralement, avançant lorsque le talon de gauche bottait le talon de droite, comme une gambade d'enfant, oui, j'allais tout simplement crier *gour-ga-nes*, *gour-ga-nes*, rire, et rire et crier encore, *gour-ga-nes*, *gour-gan-es*, jusqu'à m'effondrer sur le trottoir, haletante, riant toujours, les yeux tournés vers le ciel en murmurant, cette fois, plus doucement, *gour-ga-nes, gour-ga-nes*, j'allais exulter de cette ivresse d'abandon complet, j'abdiquais les obligations, la retenue, *goooouuurrrrr-gaaaaaaa-nneeeeesss*, ma bouche distordue avait le rictus des gens qui n'ont plus de raison, qui se sont égarés en eux-mêmes ou dans la vie, alors là, là seulement, on s'occuperait de moi, quelqu'un me porterait une attention particulière, bien que plusieurs personnes auraient fait semblant de ne pas m'entendre et de ne pas me voir m'effondrer, on appellerait l'ambulance et alors, je ne serais plus seule.

GOUR-GA-NES, GOUR-GA-NES.

Mais je ne serais pas sauvée.

*

La saison des tomates battait son plein. Les effluves de basilic planaient sur tout le marché. C'était beau, de voir ces gens enthousiasmés par la perspective de faire de la sauce tomate. Il y avait plein de couleurs, ça sentait bon, tout le monde s'affairait, avait l'air d'avoir un plan. Je me mêlais à cette foule, mais comme si je n'en faisais pas vraiment partie. J'observais le plaisir qui se dégage à accomplir un rituel saisonnier. Je pense que les gens, ils devaient être contents que ça revienne chaque année, les tomates. C'était un point de repère. Certains faisaient ça entre amis, d'autres en famille. J'ai fait comme tout le monde, et je me suis approprié ce point de repère. Moi aussi, j'allais passer le week-end à canner des tomates. Ça me donnait un sentiment d'appartenance : j'appartenais moi aussi au monde de ceux qui font de la sauce tomate à l'automne. C'était rassurant. Ça me cadrait, je dirais même que ça m'encadrait. Et je m'imaginais conserver cette pratique jusqu'à ma mort, histoire d'ajouter un morceau au sens que je cherchais, le sens, il devait bien se construire de petits morceaux ? À coups de tomates, peut-être ?

D'abord, il fallait trouver des pots Mason. Je flairais la grande quête. J'ai sauté sur un Bixi pour me rendre dans une quincaillerie. Il n'y avait que des couvercles, tous les pots étaient partis. Enfin, quelque chose qui ne fonctionnait pas comme prévu, je commençais à me sentir plus à l'aise ! Ça allait me permettre de repérer les quincailleries du quartier, quelle aventure ! Avec les couvercles, les pots, il me manquait les tomates. Retour au marché, le plein de tomates et de basilic et à la maison ! Un vent d'Afghanistan se levait sur ma vie, il y avait un élément de complexité dans la logistique alimentaire.

Il fallait d'abord faire bouillir les tomates. Vider le chaudron. Attendre que les tomates refroidissent. Enlever la peau. Les écraser. Les faire mijoter avec des oignons, du basilic, oh oui, la recette de base, tout de même ! Puis, les pots Mason. Les stériliser, mettre la sauce tomate dedans, faire bouillir les pots Mason remplis de sauce tomate pendant dix minutes. Les sortir, moment de suspense : allaient-ils se fermer hermétiquement ?

C'était tellement excitant !

Canner de la sauce tomate tout le week-end, toute seule dans un appartement, c'est long, c'est ennuyeux et c'est loin d'être glamour comme faire de la sauce tomate à Kaboul.

Pas grave : l'important, c'était d'essayer de trouver ça passionnant.

Si j'avais été à Kaboul, j'aurais téléphoné à une copine : *Mes tomates trempent dans la solution chlorique, je fais des pizzas sur des* naans. *Je reçois les Afghanes qui ont suivi la formation sur l'art du graffiti à la maison, imagine, j'ai manqué de gaz pour le four. Tu viens faire un tour ? Ah oui, tu peux pas sortir, c'est* white city *? Merde, le gars de l'Union européenne à qui j'ai parlé de mon projet de thérapie par l'art pour les femmes et les filles victimes de violence pourra pas venir.*

À Montréal, c'était différent. J'ai reçu un appel de l'Ami :

— Allô, qu'est-ce tu fais en fin de semaine ?

— Je canne des tomates.

— Ça va pas ?

— Non, non, faut bien que je m'occupe, et comme c'est la saison des tomates, je fais comme tout le monde, je canne des tomates. Je suis dans les pots Mason pis toute.

— On pourrait peut-être passer t'aider à faire de la sauce tomate ?

— (Feignant l'indifférence...) Bof, vous savez, les tomates en gang, je sais pas trop (dans ma tête, j'étais à genoux à implorer d'avoir quelqu'un à qui parler), en fait, j'en ai pas vraiment assez pour qu'il y ait autant de monde (je croulais sous la tomate, je savais plus quoi en faire – sauce, ketchup maison, tarte à la tomate), mais peut-être que vous pourriez m'encourager en passant prendre un verre (fière d'avoir montré à quel point j'allais bien, que je me réintégrais et que je n'avais besoin de personne) ?

Avec l'Ami et sa blonde, on a terminé de mettre en pots la sauce tomate en buvant du vin rouge – de l'excellent vin rouge, pas cher, pas bouchonné, que j'avais pu sélectionner parmi une grande variété de vins rouges, dans un magasin réservé à cet effet. On a fait cuire les pâtes dans de l'eau du robinet. On a mangé, en buvant encore.

Une fois le repas terminé, l'Ami a sorti une bouteille de fort. On s'est installés devant mes caisses de son. L'Ami m'a forcée à sortir mes CD de leur boîte afin qu'on puisse écouter les chansons de notre vie en colocation dans le Vieux-Québec. On a jasé de nos mauvais coups, de nos peines d'amour et des messages téléphoniques que ma Mère laissait sur le répondeur. Et on a chanté, d'un air convaincu, comme dans le bon vieux temps.

Le lendemain matin, je me sentais plutôt bien.

Faire de la sauce tomate, finalement, c'était une belle tradition.

*

Je m'amusais souvent à marcher jusqu'au métro Parc, pour le plaisir de prendre tôt le matin le bus 80, avenue du Parc. J'aimais regarder les femmes y monter pour quelques coins de rue seulement. Parmi elles, il y avait des Afghanes. Je les entendais, elles parlaient dari. Certaines avaient les traits caractéristiques des Hazaras[19]. D'autres, peut-être, venaient d'Iran. Elles descendaient deux arrêts plus loin. Elles entraient toutes dans un édifice de l'avenue du Parc. Je ne savais pas ce qu'elles allaient y faire. Je pensais que peut-être leurs maris, leurs fils, s'étaient occupés des papiers de l'immigration. Que peut-être des membres de leur famille, déjà installés à Montréal, avaient parrainé leur venue. Elles avaient quitté leur petite maison dans le centre de l'Afghanistan, leur appartement à Téhéran. Maintenant, elles travaillaient à Montréal.

19. Ethnie du centre de l'Afghanistan.

Pendant l'une de ces sorties, j'ai suivi des femmes afghanes.

Je suis arrivée devant l'enseigne d'une association qui venait en aide aux femmes de l'Asie du Sud nouvellement arrivées au pays. La directrice, une Afghane, m'a accueillie avec un thé et des biscuits secs.

Ma reconstruction allait passer par celle de ces femmes.

ÉPILOGUE

⁂

Une gourgane, ce n'est pas un petit pois. Le petit pois, il est mignon comme tout, voire attachant. Sous sa cosse lisse et mince, ses formes se laissent deviner, espacées, fermes et d'une rondeur parfaite. Son enveloppe est ragoûtante, elle donne envie d'aller plus loin. S'il était femme, le petit pois serait une pin up aguichante, qui ensorcellerait les gens avant de se retourner pour, hanches bondissantes, disparaître en rigolant, légère dans le couchant, le sourire espiègle, la poitrine haute et fière.

La gourgane, elle, est grossière. Elle est laide, costaude, tachée d'imperfections noirâtres sur sa cosse, qui est rigide, épaisse et velue. Elle n'appelle en rien l'émerveillement de ce qu'on peut potentiellement trouver à l'intérieur. Elle est brute, de forme irrégulière et d'un vert délavé, franchement inesthétique. Non, la gourgane n'est pas attendrissante. Eurk. Si la gourgane était un être humain, elle serait une femme édentée aux mains calleuses, le teint marqué par les éléments, la ride creuse et affirmée, le corps déformé par le dur labeur, du type de celui qui doit survivre. Mais cette femme perdue dans l'immensité du paysage, cette battante, elle regarderait au loin et, sans détourner son regard vert gourgane, de ce vert délavé de celle qui a trop vu, sans même ciller sous la pluie, le verglas ou l'aveuglant soleil, soutenant une force invisible, mais présente, enveloppante, cette femme elle dirait, *vous m'aurez pas*.

La gourgane pousse partout. Depuis toujours, on dirait. La gourgane est là, elle veille discrètement sur les gens. Au Québec, elle a nourri mes ancêtres, peut-être même permis leur survie, menant jusqu'à ma naissance. Dans l'aridité afghane, dans son conflit, elle est là, encore – elle nargue le climat, fait fi de la stérilité du sol, ses racines contournant stratégiquement les cailloux pour s'élever vers le grand ciel. Elle entend le conflit, mais ne s'y mêle pas : la gourgane pousse, elle s'assure que les gens pourront subsister. *On peut compter sur elle*. Elle est encore là dans la reconstruction.

Lorsque l'on prend un sincère plaisir à cuisiner la soupe aux gourganes avec sa mère, on sait qu'on va s'en sortir, que ça va mieux.

N'est-ce pas maman ?

REMERCIEMENTS

À mon Comité de lecture : Julie B., Julie P. et Sylvain, merci d'avoir lu, les premiers, ce texte, de l'avoir commenté et pris sous votre aile. Je vous suis reconnaissante d'y avoir cru et de m'avoir donné envie que *Gourganes* soit lu – encore.

À mes correctrices : merci pour votre patience, pour vos moqueries bien méritées et pour votre générosité, Isabelle, Louise et Pauline.

À mon accompagnatrice dans le dernier tournant : Véronique, ma route créatrice n'aurait pas été la même sans ton soutien, la bienveillance de tes commentaires et ta conviction que je pouvais me rendre jusqu'à la fin de ce parcours.

À Miléna, mon éditrice : je suis touchée par ton grand respect envers *Gourganes*. J'ai aimé replonger dans mon texte à la lumière de tout ce que tu y avais vu de caché, d'inconscient, de végétal. Ton accompagnement a été à la fois doux et nécessaire.

À S. : en filigrane pendant toute la durée de ce processus d'écriture, tu me posais tant de questions sur ma vie en Afghanistan que j'ai fini par croire que peut-être j'avais quelque chose d'intéressant à en dire. Merci d'être la personne que tu es.

Merci à toute l'équipe chez Stanké d'avoir cru en ce projet et d'y avoir contribué, d'une façon ou d'une autre.

D'AUTRES ROMANS... AUTREMENT

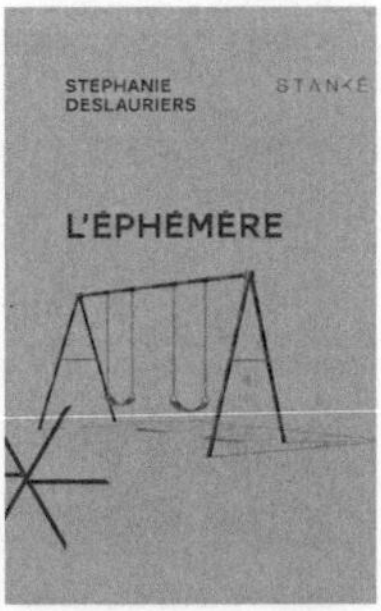

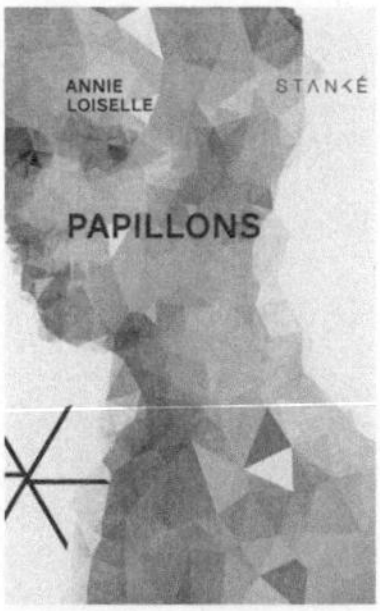

DAVID GOUDREAULT
STANKÉ
LA BÊTE ET SA CAGE

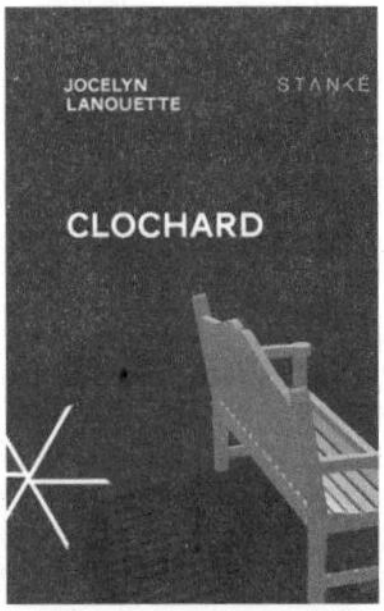
JOCELYN LANOUETTE
STANKÉ
CLOCHARD

JOSEPH ELFASSI
STANKÉ
LE PRIX DE LA CHOSE

SÉVRYNA LUPIEN
STANKÉ
JE NE SUIS PAS DE CEUX QUI ONT UN GRAND GÉNIE

MATTHIEU SIMARD
STANKÉ
ÇA SENT LA COUPE
NOUVELLE ÉDITION AUGMENTÉE
PRÉFACE DE LOUIS-JOSÉ HOUDE

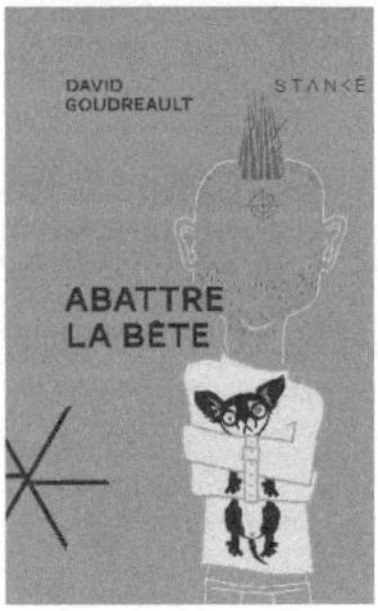
DAVID GOUDREAULT
STANKÉ
ABATTRE LA BÊTE

JOSEPH ELFASSI
STANKÉ
LA POUDRE AUX YEUX

Suivez Alexandra Gilbert sur
facebook.com/alexandragilbert.auteure
et restez à l'affût des titres à paraître
chez Stanké en suivant le Groupe Librex :
facebook.com/groupelibrex

edstanke.com
romansstanke.ca

Cet ouvrage a été composé en Fournier 12,5/14 et achevé d'imprimer
en août 2017 sur les presses de Marquis Imprimeur, Québec, Canada.

garant des forêts intactes[MC] | procédé sans chlore | 100 % post-consommation | archives permanentes | énergie biogaz

Imprimé sur du Rolland Enviro 100% postconsommation,
fabriqué à partir de biogaz, traité sans chlore,
certifié FSC et garant des forêts intactes.